KB130938

ABOUT A NOUN

명사에 대하여

ABOUT A NOUN

명사에 대하여

도서출판 지식공감

일러두기

여기 적어진 글들은 명사가 이렇다 하는 정의가 아닌 명사에 대한 지극히 개인적인 생각들을 적어 본 것이다. 이러한 주제들을 가지고 글을 쓰기 시작한 이유는 누구나 자기 생각을 내보일 수 있다는 것을 나타내기 위해서다. 왜냐면 지난 수년의 세월, 많은 시간 동안 나는 생각 없이 살아왔기에 이제는 내가 어떤 생각을 하고 있는지 나 스스로도 알고 싶고 내가 생각하는 것들을 다른 사람들이 어떻게 받아들이는지도 궁금하고 또 나의 부족한 생각이 누군가에게 조금이라도 도움이 됐으면 하는 막연한 기대에서다.

부족한 지적능력으로 한 글자 한 글자 깊게 생각하며 쓴 글이지만 어디까지나 내 인식의 한계 내에서만 적어진 글들이니 분명 누군가에겐 웃음거리가 되거나 의미 없을 글들이다. 나는 깊이 있는 학자나 고학력자가 아니기에 여기서 전문성에 대한 요구는 충족되지 않는다. 다만 내 머릿속에 떠도는 수많은 생각 중에서 가장 진리에 가깝다고 여겨지는 것들만을 적어내려 했으며 나머지 가치 없다고 여겨지는 많은 생각은 머릿속에서만 맴돌게 묶어두었다. 이 책은 어떤 전문성이 증명되지도 요구되지도 않은 순수 내 생각들을 적어 낸 것이기에 실로 잘못되고 부족하다고 느껴지는 부분들을 느낄 수 있을 것이다. 그 부분에 대해선 자기 생각을 채워 넣으면 된다. 그래서 글을 읽는 사람들이 하나의 문장을 읽고 그냥 지나쳐버리는 것이 아닌 자기 생각과 비교해 보았으면 한다. 이 책은 실로 그럴만한 여유가 있는 책이기도 하다. 그리하면 좀 더 본인 스스로 생각에 대해서도 조금 더 알아갈 수 있으리라고 생각한다.

이 책의 형식은 수필이다. 생각이 가는 대로 써 내려갔으므로 두서가 없어 수필이라 했다. (홍매) 내가 관심 있어 하는 주제들로 구성을 이루어 하얀 백지를 바라보며 온종일 생각하고 인생을 살아가는 과정에서 일상생활을 하며 느꼈던 것과 그때그때 떠오르는 철학적인 생각들을 적어낸 것이기에 각 주제에 대하여 한 문장이 끝이 나고 다른 한 문장으로 이어질 때 매끄럽지 않고 끊기는 부분들을 느낄 수도 있을 것이다. 나는 다른 어떤 글쓴이들처럼 어렸을 때부터 책에 흥미를 느끼지도 않았고 (이것이 일이라고 생각한다면) 이 일을 잘하기 위한 어떤 배움도 받지 못한 채 이 책을 집필하기로 하였기에 문장이 자연스럽게 이어지는 흐름이나 문법의 형식 같은 것에 대해선 어느 글쓴이들보다도 잘 알지 못한다. 하지만 내 수준이 그리 높지 않아 어려운 말을 써내려 해도 써낼 수가 없으니 다른 책들보다 더 쉽게 읽힐지도 모를 일이다. 난 마치 내가 최초의 작가인 것처럼 나만의 방식대로 글을 썼다. 때로는 내가 무엇을 쓰고 있는지도 모르는 채 그냥 내 생각과 마음과 느낌이 이끄는 대로 글을 썼다. 나는 부족한 사람이기에 다른 책들처럼 이 안에서 어떤 배움을 얻어가고자 하는 기대는 내려놓길 바란다. 그러니 이런 사람이 있고 이런 생각을 하는 사람이 있고 이런 책이 있구나 하는 정도의 가벼운 마음가짐으로 이 책을 대해줬으면 한다.

정답은 어디에도 없다.
모든 건 자기 생각하기 나름이다.
그리고 그 생각이 불변하는 것은 아니다.

내가 살아온 짧은 시간 동안에도 많은 것이 변했지만
내가 알고 싶어 하는 건 변화에 발맞춰가고 발전에 기여하는 것이 아닌
우리가 너무도 당연히 잘 알고 있는 것이라고 착각하는 명사에 대하여
좀 깊게 생각해 보는 것이었다.
누군가 내게 '그것'이 뭐냐고 묻는다면 그 대답은 여기에 있다.

1부

CONTENTS

2부

3부

4부

1부

편견에 대하여

우리 가스코뉴 지방에서는 내 글이 인쇄되어 나오는 것이
우스꽝스럽게 보인다.
나를 알게 되는 사람들이 내 집에서 멀리 있을수록
내 값어치는 올라간다.

– 몽테뉴

사람이 어떤 대상에 대하여 편견을 가지는 것은 그럴만한 이유가 있는 것이니 그 편견을 깨야 하는 것은 본인 스스로 몫이다. 우리가 서로에 대해서 제대로 알지 못하는 것, 그래서 으레 짐작하게 되는 것, 이를테면 남자가 여자에게 가지는, 또 여자가 남자에게 가지는, 동양인이 서양인에게 가지고 서양인이 동양인에게 가지는, 아이가 어른에게 가지고 어른이 아이에게 가지는, 어느 한 일면만을 보고 그것으로 전부를 판단하는, 또 어느 한 사람을 어느 집단으로 묶어버리는,

일일이 다 말할 수도 없이 많고 많은 여러 편견. 전부 우리가 가질 수 있는 편견들이다. 왜냐면 대부분이 그러하기 때문이다. 그렇다면 그 편견에서 벗어나기 위해선 그 본인이 증명해야 한다. 편견엔 많은 사례가 있다. 편견은 사라지지 않을 것이다.

누구나 배우면 할 수 있는 일에 사람을 채용하는데 왜 군필자인지 미필자인지를 보고 기혼인지 미혼인지를 보는가. 이유는 미필자보다는 군필자가 더 책임감이 있고 미혼보다는 기혼이 더 책임감이 있기 때문이다. 그것은 편견이다. 하지만 실로 많은 사례가 그래 왔으니 생기는 당연한 편견이다. 그런 편견에 부딪히는 사람들은 자신은 아무것도 해보지 못한 채 자신과 같은 상황이었던 사람이 먼저 오를 범함으로써 자신에게마저 기회가 줄어들게 된다. 그것은 자칫 억울한 일일 수도 있지만, 세상의 순리가 그렇게 돌아간다. 상대방이 자신을 제대로 알기도 전에 가지는 편견들에 대하여 그것을 깰 수 있는 것은 오직 자기 자신뿐이다.

우리는 어떤 사람과의 관계에 있어 그 사람과 깊은 대화를 나눠보지 않았음에도 불구하고 이 사람은 이렇다저렇다 하고 확신하며 그 사람을 판단해 버린다. 그렇게 생겨난 편견은 그 사람의 진정한 가치를 보는 데 큰 방해요소가 된다. 보석을 발견하기 위해서는 먼저 주변의 흙과 이물질을 걷어내야 하는 작업을 먼저 필요로 하는 것처럼 사람의 참된 모습을 발견하기 위해서는 먼저 그 주변의 외부적인 편견들을 걷어내야 한다. 사람 누구나가 저마다의 재능을 가지고 있다. 하지만 우리는 그 사람의 부정적인 일면으로 긍정적인 일면까지 무시해버린다. 단점만 찾으려고 보면 한없이 단점만 보이지만 장점을 찾으려고 보면 또 장점이 보인다. 안구의 맨 겉면에 각막이 씌워져 있는 것처럼 우리가 다른 사람을 보는 겉면엔 보이지 않는 편견이 씌워져 있다.

표절에 대하여

어떤 창작물을 만들어가는 과정에서 자기 생각이나 상상에서 나온 것이 아닌, 허락받지 않거나 표절이 되는 대상과 함께 저작권자의 이름을 기재하지 않고 마치 자신이 생각해 낸 것처럼 거짓을 말할 때 그것은 표절의 대상이 된다. 혹여 어느 예술가가 표절하지 않고 창작해 낸 작품이 이미 세상에 나와 있는 경우에 자신은 표절이 아니라고 하지만 그 작품이 놀라울 정도로 전작과 비슷하거나 똑같다면 세상 사람들은 표절로 받아들일 수밖에 없다. 앞으로 예술가들이 창작해 낼 수 있는 폭은 점점 더 줄어 갈 것이다.

우리가 내뱉는 단어와 문장, 음들의 조화, 새로운 이야기들, 세상 사물의 유한함은 무한한 상상력으로도 그 틀 밖을 쉽게 벗어나기가 힘들 것이다. 그렇기에 시간이 지날수록 세상엔 완전히 새로운 혁신적인 것이 아닌 비슷비슷한 것들이 많이 생겨나게 될 것이다. 그만큼 혁신적인 것을 개발하거나 창작해 낼 수 있는 폭이 좁아질수록 표절에 대한 시비는 증가할 것이다. 예술가들이 설 자리는 줄어들게 될 것이다. 참으로 안타까운 일이 아닐 수 없다.

"나는 그때 근본적인 원칙도, 희망도, 단 하나의 즐거운 기억도 없이 고통스러운 경험이나 실망스러운 일만을 겪으면서 절망하여 갈팡질팡하는 상태에 빠져 있었다. 어느 날 나는 그의 책을 발견했다. 헌책방에서 한 번도 들어 본 적이 없는 그 책을 집어 몇 쪽을 넘겨보았다. 도대체 어떤 악령이 내게 '이 책을 집으로 가지고 가라'고 속삭였는지 모르겠다."

– 니체

선조들은 서로의 뜻을 이해하기 위하여 이를 표현하는 수단으로서 언어를 창조해 냈고 그 언어들은 더 나아가 하나의 글자를 만들어 냈다. 그리고 그 글자들은 뜻에 정의를 이루어 하나의 단어와 문장들을 만들어 내기 시작했고 그렇게 적힌 글들은 하나씩 하나씩 기록되어 오랜 시간이 지나 하나 둘씩 쌓여가면서 책을 만들어 냈다. 책은 담겨 있는 그 내용에 따라서 다양한 분야와 형태로 나뉘게 됐고 우리는 그렇게 각 분야의 전문가들이나 작가들이 세상에 자신의 경험이나 사상을 내놓은 책들을 통해 필수 교과목부터 자신의 취향에 맞는, 그리고 자신이 배우고자 하는 책들을 보며 학문을 익혀 간다.

세상엔 정말 다양한 언어와 형식으로 이루어진 제각기 다른 많은 책이 존재한다. 어떤 책은 소리 없이 세상을 뒤흔들 만한 영향력을 가진 책이 있는 반면에 어떤 책은 아무 뜻도 재미도 없는 책도 있다. 누군가에겐 인생에 커다란 영향을 미치는 책이 누군가에겐 라면 받침대로나 쓰이며 어떤 책은 이해가 잘되며 술술 잘 읽히는 책이 있는 반면에 몇 번을 다시 읽어도 이해하기 힘든 책도 있다. 어떤 책은 1,000페이지가 넘는 두꺼운 책도 있고 어떤 책은 100페이지가 안 되는 가벼운 책도 있다. 책의 두께는 책의 가치와는 전혀 무관하다. 책값은 출판사에서 측정하지만 책의 값어치는 보는 사람이 측정한다. 책은 쓰는 사람에 따라서 저마다의 성질도 내용도 다 다르다. 그런데도 사람들은 어느 책을 읽으라는지는 구체적으로 얘기하지 않으면서도 책을 읽으라는 소리는 자주 한다. 심지어 책을 읽지 않는 사람들도 말이다. 그 이유는 책을 많이 읽는 사람들이 성공한 사례들을 적잖이 보여줬기 때문일 것이다. 그리고 독서를 한다는 것은 어떤 책을 읽느냐가 아니라 그 자체만으로 독서가 정신에 미치는 효과는 운동이 신체에 미치는 효과와 같다고 리처드 스틸이 말한 것처럼 정신에 많은 영향을 미치기 때문이다. 더럽혀진 몸을 씻기 위해 샤워를 해야 하는 것처럼 더럽혀진 영혼을 씻어내기 위해선 책을 읽어야 한다.

독서에는 습관이 중요하다. 어려서부터 책을 많이 접해본 아이는 커서도 책과 친하게 지내며 어려서부터 책과 담을 쌓아온 아이는 죽는 그 날까지 단 10권의 책도 읽지 않을 수도 있다. 책을 읽지 않는다는 것은 죄도 아니고 잘못된 일도 아니며 책을 읽지 않고도 사회에서 성공한 사람도 많다. 책을 읽는다고 무조건 자신에게 영향이 되는 것도 아니지만 정말 자신에게 필요한 책을 찾고 읽게 됐을 때 그 책은 자신의 인생을 뒤바꿀만한 영향을 미치기도 한다.

관심에 대하여

사람이 무엇보다 필요로 하는 것 중 하나는 관심이다. 자신이 먼저 누군가에게 다가가지 않더라도 누군가 먼저 자신에게 다가와 주기를 바라고 자신을 알리려 하지 않아도 누군가 자신을 알아주기를 바란다. 관심이 없다면 그것은 그 사람에게 있어 세상에 존재하지 않는 것이나 다름없다. 서로 간에 관심이 없으면 서로는 서로에게 아무런 존재가 아니게 된다. 하지만 이런 경우는 그나마 다행이다. 그 누구도 상처를 받지 않으니. 만약 한 사람이 다른 사람에게 관심을 보이는데 다른 사람은 그 한 사람에게 관심이 없다면 그 다른 사람은 아픔을 느끼게 된다. 그 아픔은 쓰다. 또 서로 간에 관심을 보이는데 한쪽의 관심이 지나쳐 버리면 다른 한쪽은 부담을 느낄 수가 있다. 그러니 누군가에 대해 지나친 관심을 가지더라도 표현은 절제하는 것이 필요하다.

자신이 하는 일, 즐기는 취미, 만나는 사람들은 모두 관심에서부터 시작된다. 자신이 꿈꾸던 일은 아니더라도 조금은 관심이 있었기에 시작한 일이고 관심이 있기에 낚시를 하고 스포츠를 하고 독서를 하는 등의 취미를 즐기게 되고 관심이 있기에 인연이며 운명 같은 만남이 생기게 되는 것이다. 관심이 없는 사람과는 어울리지 않으며 말도 섞으려 하지 않는다. 지금의 자신과 지금의 자신을 이어주는 모든 것들은 자신의 관심에서부터 시작된 것이다. 태어나기 전부터 세상에 존재했던 많은 일, 많은 흥밋거리, 같은 순간에 숨을 쉬며 살아가는 많은 사람, 그 많고 많은 것들은 자신에게서 관심을 끌어내려 한다. 그리고 그중 몇몇 것에 관심을 빼앗기게 된다. 많고 많은 관심거리 중에서도 정해진 시간 아래 몇 가지만을 수용할 수밖에 없다. 아주 오랜 세월을 살거나 한 번뿐인 생이 아닌 몇 번이고 살 수 있다면 이것도 해보고 저것도 할 수 있지만 정해진 시간 아래 이것 아니면 저것만 해야 한다. 그래서 관심을 가지는 많은 것 중에서 몇몇 것은 포기해야 한다. 지나친 관심은 사랑의 소중함을 모르게 하고 지나친 무관심은 사랑을 더욱더 갈망하게 한다. 많은 관심과 사랑을 받는 사람은 관심과 사랑에 대한 오만한 태도를 보이며 조금도 사랑을 받지 못하는 사람은 그것에 대한 갈망을 여러 형태로 표출한다. 관심이 있기에 세상에 존재하는 것들이다. 세상에 존재하는 온갖 것 중에도 자신이 모르고 관심이 없는 건 그 자신의 세상에는 존재하지 않는 것들이다. 나의 관심으로 나의 것들은 존재한다.

취미에 대하여

학교 다닐 때부터 직장생활을 하거나 새로운 사람을 만날 때면 꼭 물어보는 것이 특기는 무엇이냐 취미는 무엇이냐 하는 것이다. 잘하는 것이 무엇이냐 즐기는 것이 무엇이냐 하는 것이다. 인생을 즐기기 위해선 취미생활이 필요하다. 학생은 공부만 하고 직장인은 일만 하면 무슨 재미로 사나. 그런 지치고 고된 삶의 연속이어도 우리를 버틸 수 있게 하는 건 취미생활이 있기 때문이다. 그런 면에서 자신의 취미를 직업으로 삼는 자는 더없이 행복한 사람이 아닐 수 없다.

많은 사람은 자신이 원하는 일을 하지 못하며 산다. 하고 싶은 일이 딱히 없는 사람도 있지만, 현실에 부딪혀 자신의 꿈을 펼치지 못하는 이도 있다. 어려서 뭐든 즐거울 나이에는 친구들과 함께 어울리며 이런저런 즐길거리를 함께 하지만 나이가 들고나면 자신의 취미를 함께 할 수 있는 사람과 주로 어울린다. 나이 들어 외롭다고 사람들과 어울리기 위해 즐기지도 못하는 자리에 함께하느니 혼자서 즐길 수 있는 것을 하거나 자신에게 투자하는 시간이 훨씬 유익하다. 사람의 무료하거나 하릴없는 시간은 대부분이 취미로 채워진다. 방 한구석에서 홀로 외로이 시간을 보내려는 사람은 없다. 사람은 저마다가 즐기는 자신의 취미를 찾아 활동한다. 취미생활을 즐길수록 자신의 삶은 채워진다. 세상에 흥미를 느끼지 못하거나 이렇다 할 즐길거리를 찾지 못하는 사람에게 남아 있는 시간은 끝없는 우주만큼이나 공허하다.

우리는 정말 작디작은 한 생명체에 지나지 않으니 정말 의미 있다고 말할 수 있는 것은 아무것도 없다. 탄생도 죽음도 그다지 의미 없는 것이다. 그러나 이왕 살아 느끼는 동안에는 최대한의 기쁨과 행복, 즐거움 등을 느끼며 사는 것이 좋고 그러한 것들을 충족하기에 취미는 많은 영향을 미친다.

인간이 살아가는 데 있어 꼭 필요하다고 하는 3대 요소인 의식주를 제외한 다음으로 가장 중요한 것을 하나 꼽으라 한다면 흥미가 될 것이다. 의식주는 인간의 생존에 반드시 필요한 것이며 이 3가지를 충족하기만 해도 죽지 않고 살아갈 수는 있을 것이다. 흥은 애초에 인간의 감각에 잠재되어 있던 것일까 아니면 매일 반복되는 지루함과 고통 속에서 생겨난 새로운 감각인 것일까. 이 감각이 어디로부터 오게 됐는지는 알 수 없지만, 흥은 의식주처럼 인간이 살아가는 데 필요한 필수 요소 중 하나임이 틀림없다. 왜냐면 흥이 없다면 인간은 살아있어도 죽어있음을 느끼기 때문이다. 인간은 어떤 것에 대하여 흥미를 느끼고 즐거워할 때 살아있음을 느낀다.

인간의 본능적 감각은 일거리며 스포츠며 오락이며 여행이며 삶에 흥밋거리들을 하나씩 만들어냈고 인간이 다양한 형태로 삶의 흥미를 이끌어 낸 지금 우리의 삶은 풍요로워진다. 많은 흥밋거리는 우리에게 주어진 시간이 얼마나 부족한 것인지를 깨닫게 해주고 삶을 갈망하는 명분을 제시하며 죽음을 더욱 두렵게 만든다. 인간이 지루함 속에서 흥미를 만들어 냈다면 그 흥미는 또다시 지루함을 만들어낸다. 그 무엇이든 오래된 것에는 지루함을 느끼게 된다. 그래서 자꾸만 혁신적인 것을 원하고 새로운 것을 발견해내려 한다. 그렇게 생겨난 새로운 흥밋거리 중에선 변형되고 변질되며 퇴폐되는 것들도 있다. 세상에 정말 필요하고 중요한 건 이미 모두 나와 있는지도 모르지만, 사람들은 흥미를 유발하기 위하여 계속해서 새로운 것을 찾아내기 위해 노력한다. 세상에는 정말 다양한 흥밋거리들이 존재한다. 자연, 이성, 새로운 경험, 노래 등 끝없이 나열할 수 없을 정도로 다양한 흥밋거리들이 존재한다. 극장에 걸린 영화 포스터는 몇 달이 지나지 않아 다른 포스터로 교체되고 새로운 가수들이 계속해서 탄생하는 만큼이나 신곡도 쏟아져 나오고 그라운드 위를 누비는 스포츠도 룰 자체가 지루해질 때쯤이면 새로운 선수를 발굴해 흥미를 이어가고 각종 TV 채널과 프로그램들은 흥을 이끌어 내기 위하여 새로운 프로그램을 만들고 새로운 사람들을 찾아 나선다. 사람들은 흥을 이어 나가기 위하여 계속해서 새로운 이야기들을 만들어 갈 것이며 혁신을 찾아 나설 것이고 시리즈를 이어갈 것이다. 매년 크리스마스 같은 축제 역시 계속될 것이다.

우리는 우리 삶에서 '무'라고 느껴지는 시간을 여러 흥미를 통하여 채워 갈 것이다. 세상 무엇에도 흥미를 느끼지 못한다면 사는 데 별 미련을 갖지 않을 것이다.

꿈이 없는 삶은 육체는 살아 있으나 영혼은 죽은 것과 같다. 꿈도 어떠한 목표도 없이 세월 따라 흘러가는 사람에게 기다리고 있는 건 자신의 존재에 대한 의심과 남은 날에 대한 두려움뿐이다. 우리는 영문도 모른 채 세상에 태어나지만 삶 속에서 꿈을 찾는다는 건 살아야 할 이유를 찾는 것이다. 그것이 이뤄낼 수 없는 헛된 꿈일지라도 그렇게 꿈을 꾸기에 자신에게 부끄럽지 않게 살아갈 수 있다. 꿈이 가장 큰 재산이란 말은 조금도 틀리지 않다.

재산이 자고로 지니고 있을 때 기대고 의지할 수 있으며 안정감을 심어주는 것이라면 꿈은 그 모든 것과 보다 더한 것들을 충족시킨다. 꿈이 있기에 남들이 자신을 뭐라고 평가하든지 신경 쓰지 않으면서 스스로 존재를 높이 사고, 남들과 자신을 비교하지 않기에 누군가를 부러워하거나 시기 질투하지 않고, 더 이상 남들이 하는 일이나 바라보면서 시간을 버리지 않으며, 그만큼 많은 시간을 자신에게 투자하고 어떤 조건이나 상황에도 불평하지 않으며 오로지 할 수 있단 기대와 희망 하나로 꿋꿋이 버텨가며 지루하지 않게 살아갈 수 있게 한다. 꿈은 눈을 멀게 하여 그 긴 공백 속에서 살아야 할 이유를 제시하고 그 안에서 자신을 새로운 존재로 재탄생시킨다. 꿈이 없다면 하고 싶은 일이 없다면 이루고자 하는 목표가 없다면 그것을 찾아내는 일을 자신의 첫 번째 사명으로 받아들여야 한다.

경쟁에 대하여

늘 그래 왔다. 남들과의 경쟁에서 1등을 해보거나 정상의 위치에 올라 서본 적이 없었다. 뭐든 대충하는 습관이 몸에 배어버린 탓인지 그 자리가 부담되었던 탓인지, 노력이 부족했던 탓인지 경쟁에서 이겨야만 하는 이 사회에서 늘 뒤처져 있어야 했다. 내 앞엔 늘 누군가가 있었다. 정말 뭐 하나 잘하는 것이 없었고 남들보다 뛰어나다고 내세울 만한 것이 하나도 없었다. 나보다 똑똑한 사람은 넘쳐 났으며 나보다 돈이 많은 사람도 넘쳐났고 나보다 잘난 사람도 넘쳐났다. 나보다 운동을 잘하는 사람도 넘쳐났고 이것을 해도 저것을 해도 언제나 내 앞엔 수많은 사람이 대기하고 서 있었다.

난 늘 바닥이나 저 먼 구석에 찌그러져 있어야 했다. 아쉽게도 이 세상에서 신은 나에게 특별한 역할을 주지 않았고 그저 평범하거나 모자란 사람으로 남으며 다른 잘난 사람들을 치켜 올려 세워주는 역할이나 하게 내버려뒀다. 공부를 해도 운동을 해도 뭐 하나 남들보다 뛰어나다거나 가능성이 있게 보이는 것이 없었기에 어느 분야든 내 모든 것을 걸어 볼 만한 것이 없었다. 늘 지기만 해봐서 경쟁하는 것이 두려웠고 경쟁하는 것에 지쳐갔다. 남들과 경쟁하지 않고 살 순 없는 걸까 생각하던 그때 어느 날 문득 떠오른 그 생각이 나를 새로운 길로 인도했는데 그것은 나 자신만의 길을 가는 것이었다. 다른 사람이 가지 않는 나 자신만의 길을 찾았다. 그 길엔 경쟁할 만한 어떤 사람도 존재하지 않았다. 내가 싸우고 경쟁해야 할 상대는 오직 나 자신뿐이었다. 이곳엔 오직 나밖에 없었다. 그 길에서 난 내가 해야 할 일을 찾았고 목표와 계획을 세우고 잘못된 행동을 했을 땐 스스로를 비판하고 반성하고 내 나약한 의지와 싸우고 습관이 되어버린 게으름을 떨쳐내기 위해 애쓰고 외로움과 싸우고 괴로움과 고통과 싸웠다.

혼자만의 싸움은 외롭고 힘들었지만, 그것은 다른 사람과의 경쟁에서 질 때처럼 나에게 좌절감을 안겨주지도 않았고 나를 초라한 존재로 만들지도 않았다. 반면에 시간이 흘러 과거의 나 자신과 비교했을 때 저만큼 멀리 가있는 나 자신을 발견하게 되고 보다 큰 나로 성장했음을 느끼게 되었다. 남들이 뭘 하든 신경 쓰지 않았다. 내 것을 하는 데 관심을 쏟았기에 다른 데로 눈 돌릴 틈이 없었다. 경쟁 상대가 없었다. 경쟁 상대는 어제의 나, 일주일 전의 나, 한 달 전에 나, 1년 전에 나, 1년 후에 나, 10년 후에 나, 전부 나밖에 없었다. 과거의 잘못된 나와 멀어지기 위해 앞으로 더 달리고 내가 바라는 나로 거듭나기 위해 앞으로 더 달렸다.

사람들은 저마다 자신의 한계치가 있다. 그래서 경쟁이란 건 결국 누군가에겐 유리하고 누군가에겐 불리할 수밖에 없다. 하지만 자신과의 싸움은 그렇지 않다. 본인 스스로 지니고 있는 감각은 자기가 생각하는 자신보다 자신을 더 잘 알아서 불가능해 보이지만 실로 가능한 것들만을 꿈꾸고 상상하고 목표를 설정한다. 그래서 그 안에서 일어나는 실패와 성공은 모두 자기 몫인 것이다. 물론 운도 따라준다면 더 좋겠지만 말이다.

길에 대하여

그러나 유감스럽게도 하나밖에 없는 과거가 하나밖에 없는 미래를 제시하고 공간 위에 찍힌 무한한 점처럼 우리 앞에 하나밖에 없는 미래를 투사하는 것이다.

– 지드

인생에는 우리가 선택할 수 있는 수많은 갈림길이 있는 것처럼 보이지만 사실 자신이 걸어갈 수 있는 길은 그다지 많지 않으며 다른 수많은 갈림길에는 가시나무 숲이 무성하게 자라있는 곳도 있고 뜨거운 용광로 위를 걸어야 하는 곳도, 차디찬 얼음을 맨발로 지나야 하는 곳도 있다. 너무 어두워서 앞으로 잘 가고 있는 건지 알 수 없는 길도 있고 야생동물들이 들끓는 곳도 있다.

하나밖에 없는 국가, 조상, 부모, 가정, 태어나고 자란 동네, 주변 사람들, 무엇보다 하나뿐인 자신이 하나밖에 없는 앞길을 암시한다. 하지만 여기서 모험심을 발휘하는 사람들이 있다. 이미 정해져 있는 그 길 외에 다른 길은 가지 말라고 해도 자신에게 정해진 길을 걸어가는 것이 얼마나 지루하고 의미 없으며 그 끝에 무엇이 기다리고 있을지 예상 가능한 모습이 그려지기에 남들이 가지 말라고 하는 가시나무 숲으로, 용광로 위로, 차디찬 얼음 바닥 위로, 아무것도 보이지 않는 곳으로, 야생동물들이 들끓는 곳으로 두려움과 함께 발걸음을 새롭게 내딛는 것이다. 앞을 예측할 수 없는 인생의 새로운 모험이 시작되는 것이다.

어느 길에 들어서건 그 길은 원래 가야 했던 길과는 달리 그 끝을 알 수가 없어서 호기심과 설렘을 유발한다. 그 길들은 어느 곳 하나 안전한 곳이 없고 험난하며 남들이 받는 고통 이상의 고통을 느낄 수도 있다. 아무렴 위험을 무릅쓰고 모험을 즐기는 자들은 안정에 취해있는 무기력함보다는 고통받았을 때 더 살아 있음을 느낀다. 마음이 안정에 가라앉아 있는 상태보다는 불안함에 들떠있는 상태를 더 즐긴다. 정해진 길이 아닌 새로운 길로 발걸음을 옮겨 가시나무가 무성한 숲을 헤집고 들어가 온몸이 피투성이가 되어 길의 끝에 다다랐을 때 그 끝에 실패가 기다리고 있다고 한들 그 끝을 보기 전까지는 알 수가 없는 것이다. 그들은 실패를 두려워하지 않는다. 오히려 그들은 도전하지 않는 상태를 더 두려워한다. 그들은 늘 새로운 길을 찾아 나선다. 그들은 개척과 혁신의 선두주자가 된다. 그들은 절대로 누군가의 뒤를 따르지 않는다. 그들은 불안정한 상태에서 커다란 실패가 기다리고 있을지라도 자신의 길을 걷고 자신의 길을 개척해 나간다. 이와 반대로 누군가는 자신은 이것밖에 할 수 없는 놈이라며 자책하고 스스로 한계를 그어버리며 그저 누군가가 터놓은 길을 따라가기만 한다. 그들은 새로운 길을 발견하려 하지 않는다.

세상엔 실패로 인도하는 잘못된 길들이 있는데 그 잘못된 길로 들어서는 문은 언제나 활짝 열려 있지만, 그것으로부터 빠져나오는 문은 굳게 닫혀 있다. 잘못된 길에 한 번 빠지게 되면 거기서 벗어나기란 보통 쉬운 일이 아니다. 우리는 길에 대한 문제를 나무판자에 선을 긋고 톱질을 하는 상태에 빗대어 볼 수 있는데 선을 따라 톱질을 하다가 방향이 조금 어긋나게 됐을 때 그 사실을 빨리 인지하게 되면 다시 선을 따라 톱질을 이어갈 수 있게 되지만 톱질이 선 밖을 벗어나 어느 정도 진행이 되어 버린 상태면 다시 선에 돌아오기란 불가능한 상태에 이르게 된다.

방황에 대하여

사람은 태어나고 자라면서 세상과 부딪히게 되고 살아가며 이런저런 일들을 겪는다. 뚜렷한 사명감 없이 세상에 버려진 우리는 뭘 해야 할지 모른 채 하루하루를 보낸다. 방황은 자유 속에서 자라나지만 둘 사이에 차이가 있다면 자유는 풍요로움을 느끼고 방황은 불안함을 느낀다.

태어날 때부터 삶의 진로가 정해진 사람들이 있다. 이를테면 국가를 대표하는 대기업 회장의 자식들 같은 경우는 대부분 다른 꿈들을 꿀 겨를도 없이 그 기업을 물려받고 이끌어가야 할 사명감을 짊어지며 태어난다. 그런 이들은 진로에 대한 선택의 폭이 좁다 못해 없다고 할 수도 있다. 물론 그렇지 않은 경우도 있겠지만, 그들은 어려서부터 기업을 경영할 교육을 받고 자라며 자신의 부를 축적함과 동시에 나라를 대표하는 기업으로서 국가 경제에 막대한 영향을 미치며 권력을 손에 쥐고 있다. 그런 이들은 방황하지 않는다. 그들은 태어날 때부터 오직 기업 경영만을 위한 체계적인 교육을 받는다. 그들은 다른 꿈을 꿀 겨를도 없이 오직 한 곳에 열중한다. 그들은 자신이 뭘 해야 하는지를 알고 있다. 어떻게 살아야 하는지를 알고 있다. 그들은 자신에게 주어진 사명감을 받아들인다. 그들은 뚜렷한 목표를 가지고 열심히 살아간다.

방황하지 않기 위해선 어려서부터 부모의 간섭이 절실히 필요하다. 누군가 자식을 낳았을 때 부모가 그 자식의 자유를 통제하고 자신이 원하는 어떤 진로의 방향으로 체계적인 교육을 진행할 때 그 아이는 방황할 틈이 없어진다. 경제생활로 인해 맞벌이하는 가정의 아이들은 대부분이 방치되기 마련이다. 그 아이들은 세상에 대하여 아무것도 모르는 상태에서 홀로 많은 시간을 보내게 된다. 그중 대부분이 방황하게 된다. 나도 그중 하나였고 내 주변에도 모두 그런 친구들로 가득했다. 혼자보다는 더 여럿이 모였을 때 방황은 더 걷잡을 수 없는 길로 접어든다.

대개 아무것도 모르는 상태에서 자신을 이끌어주는 사람이 없이 홀로 시간을 보낼 때 그 자신은 좋은 것보단 나쁜 것에 더 관심을 빼앗기게 되고 빠져들게 된다. 그래서 방황이라고 하는 것이 '선'보단 '악'으로 비치는 것이다. 방황한다는 것은 그 자체로 나쁜 것은 아니지만 대개 인간은 방황 속에서 희망보다는 절망을, 선보단 악을 먼저 마주하기 때문에 방황에 대한 시선이 좋을 리 없는 것이다. 경제 형편이 넉넉지 못한 가정은 맞벌이하게 되고 일에 쏟는 시간만큼 아이에게 소홀해지는 것은 당연지사다. 그렇게 홀로 버려진 아이는 부모가 뭘 하라고 알려주지도 않은 상태에서 뭘 해야 하는지를 모른 채 방황하게 된다. 그들은 아무것도 모르는 상태로 세상에 내놓아진다. 이 중 소수는 누군가의 강요가 아닌 본인 스스로 특정한 무언가게 강한 이끌림을 받아 빠져들게 되고 그 순간 방황을 멈추게 된다. 하지만 안타깝게도 이런 경우는 마치 선택받은 사람들인 것처럼 소수에 해당된다. 나머지 대다수는 그저 하릴없이 노는 데 그친다. 부모가 일터로 떠난 후 아이는 집 안에 홀로 남겨진다. 아이는 놀고 싶어 밖으로 나간다. 나쁜 것이 가득한 밖으로. 부모는 집 안에 홀로 남겨진 아이를 걱정할 뿐 손 쓸 방법이 없다. 오늘 하루라도 일을 하지 않으면 경제생활이 어려워지는 팔자다. 부모는 그저 아이 스스로 다치지 않고 나쁜 길로 새어나가지 않고 올바르게 자라주기만을 간절히 기도할 뿐이다.

방황은 뚜렷한 목적의식 없이 가난한 상태에서 전해지는 행위다. 방황은 정착과는 반대되는 말이다. 방황은 아직 그 무엇도 선택하지 않은 상태를 말한다. 방황은 막연함을 품는다. 방황은 늘 간직하는 불안함 속에서 예기치 못한 즐거움도 전해준다. 그 즐거움은 예기치 못한 것이기에 어떤 즐거움이 가져다주는 느낌보다도 배가 된다. 그래서 그 느낌을 즐기기 위해 방황하는 자들도 있고 방황에서 빠져나오지 못하는 자들도 있다.

정착은 무겁고 가라앉아 있는 상태를 말하며 방황은 가볍고 들떠 있는 느낌을 받는다. 그래서 정착에는 안정감이 있고 방황에는 불안함이 있다. 거의 모든 사람은 정착하기를 원한다. 정착하는 이들은 방황하는 이들을 아니꼽게 바라본다. 대부분은 정확히 뭘 해야 하는지를 몰라서 방황하지만 안정된 정착 생활을 포기하고 스스로 선택해 방황 속으로 뛰어드는 사람도 있다. 왜냐면 방황 속엔 미래를 예측할 수 없는 불안함이 뒤섞인 설렘과 새로운 발견이 있고 경험이 있기 때문이다. 그들은 안정된 지루함을 경멸하는 모험심이 가득한 이들이다. 많은 사람은 그런 이들을 안쓰럽게 바라보지만 스스로 방황을 선택하는 이들에게 정작 안쓰럽게 보이는 건 정착해 있는 이들이다. 서로는 상반되는 서로를 안쓰럽게 여길 뿐이다.

방황은 외적으로도 나타나지만, 내면에서도 일어난다. 이를테면 정체성에 대한 혼란이 오는 시기에 어떤 사람으로 살아야 할지에 대하여 자기 자신을 잃어버리고 자신이 원하는 어떤 이가 되고자 하기 위하여 정체성을 성립하기 위한 과정에서 방황하게 된다. 우리는 그런 내적과 외적 방황 속에서 자신의 모습을 하나씩 형성해 간다.

습관에 대하여

처음엔 우리가 습관을 만들지만,
다음엔 습관이 우리를 만든다.

– 존 드라이든

습관은 한 번 자리 잡기 시작하면 쉽게 고칠 수 없다. 습관의 힘이 중요하다는 것은 많은 사람이 말해왔고 증명해왔다. 사람들이 지니고 있는 습관은 저마다 다르며 그 자신이 지니고 있는 습관도 죽을 때까지 가져가는 습관이 있는 반면에 오랫동안 해오던 습관을 하루아침에 고치는 경우도 있다. 세 살 버릇 여든까지 간다는 우리 속담은 습관의 힘을 얼마나 무시 못 하는지를 말해준다. 습관은 알게 모르게 유전적인 것에서부터 태교에서도 영향을 미치니 한 아이가 좋은 습관을 갖도록 하기 위해선 부모의 노력도 중요하다. 습관에도 운동하는 습관, 식습관, 생활 습관, 말하는 습관, 책 읽는 습관, 잠자는 습관 등 많은 습관의 형태들이 있다. 또 습관은 행동에서 뿐만이 아닌 생각과 감각에서도 작용이 된다. 그래서 우리가 보고 싶은 것만 보려고 하는 것, 듣고 싶은 것만 들으려 하는 것, 생각하고 싶은 것만 생각하려고 하는 것도 모두 습관에 의해서다. 그러니 그 습관이 사람을 만든다고 해도 과언이 아닌 것이다.

어떤 사람은 책 읽는 습관을 들여 남는 시간이 있으면 손에서 책을 놓는 법이 없는 반면에 어떤 사람은 하릴없이 멍하니 있는 상태로 오랜 시간을 버리는 경우도 있다. 그것은 단지 습관의 차이다. 그런데 단지 습관의 차이라고 하기에 그것은 아주 큰 차이를 만든다. 좋은 습관과 나쁜 습관이 있다고 하지만 그것은 작용하는 사람에게 조금씩 다를 것이다. 사람은 저마다 필요한 습관이 있고 불필요한 습관이 있을 것이다. 나이가 어느 정도 되면 본인 스스로 자신에게 필요한 습관이 무엇인지를 알고 그 습관에 길들기 위해 노력해야 할 것이다. 또 반대로 자신에게 해가 되는 불필요한 습관을 지우기 위해서도 노력해야 한다. 자신은 스스로 인지하지 못하는 사이 습관을 지니게 되는데 그것을 잘 파악하고 좋은 습관은 가져가며 나쁜 습관은 버리고 또 자신에게 없는 좋은 습관을 들이려 노력해야 할 것이다.

사람을 만드는 중요한 요소들 몇 가지 중에서 하나가 바로 습관이다. 습관이 사람을 만든다. 습관을 잘 들여놓으면 과거의 자신이나 남들이 힘들게 생각하는 일들도 쉽게 해낼 수 있다.

나태에 대하여

욕망과 권태 사이에서 우리의 불안은 망설이네.

– 지드

나태가 하나의 물질이 되어 몸에서 떨쳐 낼 수 있는 것이라면. 나태함, 게으름, 귀찮음이라고 하는 성격들은 한 단계 더 성장하려고 하는 데 있어 한 걸음 더 올라서려고 하면 발목을 잡고 쉽게 놓아주지 않는다. 매일 한 시간씩만 더 일찍 일어나더라도 그만큼 더 많이 살아있음을 느낄 수 있는 것인데 게으름에 죽는다. 언제나 매일 30분씩 가벼운 운동할 수 있는 여유가 충분히 있고 책 한쪽을 읽을 만한 여유가 충분히 있고 영어 단어 하나라도 사자성어 하나라도 뭐 하나라도 배울 수 있을 만한 여유가 충분히 있지만 나태함에 묶여 별것 아닌 일이 아주 힘들게만 느껴진다.

주말이면 가끔 아무것도 안 하고 집에서 온종일 누워있기만 하는 날도 있다. 그럴 때면 또 사는 게 뭔가 하고 쓸데없이 번뇌하게 된다. 현재의 삶에서 큰 흥미를 느끼는 것이 없으니 게으름도 그만큼 더 많은 공간을 차지한다. 나태함을 줄이기 위해선 그만큼 해야 할 일이나 흥밋거리를 찾아 나서야 한다. 잠에서 깨도 할 일이 없으면 괜히 또 자게 돼 있다. 나태함을 줄이는 가장 좋은 방법의 하나는 삶의 흥밋거리를 찾아 나서는 것이다. 어떤 것이든 간에 그것에 재미와 흥미를 느끼는 사람들은 하루에 4시간씩 자고도 피곤한 줄을 모른다. 그것이 연구하는 것이든 창작하는 것이든 돈을 버는 것이든 게임을 하는 것이든 뭐든 말이다.

나태를 부르는 것은 습관이며 할 일 없음이다. 사는 것이 즐겁다고 생각해보면, 오늘 하루는 어떤 즐거운 일이 기다리고 있을지 하며 괜한 기대를 해보면, 그렇게 어린아이였을 때처럼 조금은 막연하게 부푼 마음으로 살아보면, 그런 마음으로 살다 보면 나태함이 전보다는 사라질 것이다. 물론 그런 마음도 결국 나태함에 다시 무너지겠지만 말이다. 게으름과 나태함은 아주 잠시 우리를 편안하게 하지만 아주 오래 우리를 힘들게 할 것이다.

어떤 목적을 향해 가는 과정에 있어 때로는 무료함과 때로는 무의미함을 느낄 때 가장 필요한 것은 자극이다. 초심이 흔들리고 열정이 식어갈 때 외부적인 요인으로부터 자극을 받은 감각은 다시 일깨워져 처음 다짐했던 의미심장한 마음가짐을 먹게 되고 식었던 열정을 불태울 수 있게 된다. 성공을 목표에 두고 그것을 이루기 위해 달려가는 과정에서 수없이 부딪히고 수없이 좌절하고 수없이 무릎을 꿇고 더 이상 아무런 희망이 보이지 않는다고 느껴질 때 다시 일어설 수 있게 하는 가장 큰 힘은 자극이다. 외부로부터 자극받은 마음은 단단하게 굳어진다. 그 굳어짐은 우리를 굳세게 만들고 목표를 향해가는 발걸음을 흔들리지 않게 한다.

자극을 받는 이유는 관심이 있고 바라는 대상에 대하여 자신과 비교하였을 때 자기 스스로에게서 부족함을 느끼기 때문이다. 사람의 천성은 자신이 가지고 있는 것에 만족하지 못하고 자신에게 없는 것을 갈망하여 자신의 것으로 만들고 싶어 하는 본능을 지닌다. 우리는 여러 형태를 통해서 자극을 받게 된다. 매일 쉬지 않고 일하시는 부모님은 내가 아직도 방탕한 생활을 바로잡지 못하고, 게으른 습관을 떨쳐내지 못하고 있을 때 하루빨리 많은 돈 벌어서 쉬게 해드리고 싶어 하는 굳센 마음을 가지게 하고, 여자들에게 좀처럼 사랑을 받을 수 없는 나는 저마다 자신만의 매력을 뽐내는 아름다운 여자들을 보며 언젠간 그 여자들에게 사랑받을 수 있는 멋진 남자가 되고 싶어 하는 마음을 갖게 한다. 별것 아닌 사람이 나를 별것 아닌 사람으로 볼 때 나는 그들과는 다른 사람임을 증명하고 싶게 하고 나에게 고통과 절망만을 안겨주는 신은 언젠가 내가 바라던 것들을 하나씩 이뤄냄으로써 그가 정해준 운명에 순순히 놀아나지 않을 것임을 보여주고 싶게 한다.

가난한 자들은 가난에 길들어서는 안 된다. 가난한 자들은 부자들을 보며 자극을 받아야 한다. 못나게 태어난 사람은 결코 자신의 운명을 받아들여서는 안 된다. 그들은 잘난 사람을 보며 자극을 받아 그들에게 없는 자신만의 매력을 찾아내야 한다. 우리는 매 순간 자극을 받아야 하고 자극이 필요해야 한다. 자극은 우리를 열정적인 사람으로 만들고 굳센 사람으로 만든다. 우리가 관심이 있고 바라고 있는 대상에 대하여 다른 사람이 그것을 손에 쥐고 있는 모습을 보게 됐을 때 우리는 그들을 충분히 부러워하며 시기하며 질투하며 인정하며 거기서 초라한 자신을 발견하여 자신에게 자극을 이끌어내야 한다.

실천에 대하여

해보지 않고는 우리 스스로 무엇을 해 낼 수 있는지 알 수 없다.

– 프랭클린 아담

실천하지 않는다면 그 어떤 탁월한 재능도 세상에 빛을 발하지 못하고 그 어떤 위대한 생각도 허공에서 사라질 뿐이며 그 어떤 소중한 꿈도 한낱 공상 차원에 머물고 만다.

– 작자 미상

가만히 있는 사람에게 얻어지는 것은 아무것도 없다. 우리는 오직 실천함으로써 스스로 가능성을 발견할 수 있고 증명할 수 있다. 그 누구도 자기 자신에 대해서 완전히 안다고 말할 수 없다. 누군가의 말처럼 우리 자신 안에는 우리가 알지 못하는 무한한 가능성이 숨어있으며 행동했을 때야 비로소 그 가능성을 발견할 수 있다. 실패가 두려워 시도하지 않는 것만큼 안타까운 일은 없다. 그런데 실패가 두려워 시도하지 않음은 사람으로서 당연한 행동이기도 하다. 우리는 실패를 두려워한다. 좋아하는 사람에게 고백했다가 차였을 때 밀려오는 자괴감, 사업을 시도했다가 실패했을 때 밀려오는 경제적 압박, 꿈을 좇았을 때 이룰 수 없을 것만 같은 불확실함은 우리를 두렵게 만들고 그 두려움은 우리를 행동하지 못하게 만든다.

후회하기 싫으면 그렇게 살지 말고
그렇게 살 거면 후회하지 마라.

– 작자 미상

안정감을 좇고 두려움을 이기지 못해 피하는 사람들에게 성공이 찾아오는 것은 가만히 누워있는 사자 앞에 사슴 한 마리가 제 발로 기어들어 오는 것과도 같다. 성공한 사람들을 보면 그들은 남들이 절대 불가능하다고 하는 일을 가능하다고 증명해 냈으며 세상 모든 사람이 자신에게 등을 돌려도 결국은 모두를 자신의 편으로 만들었으며 시도에 시도했고 거듭된 실패에도 계속해서 일어섰다. 절대 우리처럼 패배감에 길들여지지 않았고 도전을 멈추지 않았으며 실패를 현실이라 인정하지 않으며 좌절하지 않았다. 실패하는 사람과 성공하는 사람은 애초에 정해져 있던 것이 아니다. 그들은 스스로 행동함으로써 자신을 그렇게 만든다. 저마다의 길로 성공하는 사람들 모두 우리와 같은 사람이었다. 우리보다 더 안 좋은 여건을 가지고 이겨내는 사람도 많았다. 금수저를 물고 태어났다는 사람들을 보고는 그 사람이 성공했다고 말하지는 않는다. 자신의 어려운 조건들을 이겨낸 사람들을 보고 성공했다고 말한다. 자신은 스스로 갈망하는 대상을 향해 끊임없이 움직여야 한다.

산 정상에 오르고 싶으면 계속해서 발걸음을 옮겨야 한다. 멈추는 사람은 그곳에 머무르고 만다. 오직 행동하고 실천함으로써 바라는 대상에 도달할 수 있다.

목표에 대하여

계획 없는 목표는 한낱 꿈에 불과하다.

– 생텍쥐페리

우리는 살아가며 목표를 설정하고 관철(貫徹)하는 과정에서 생을 살아간다. 아무런 생각 없이, 아무런 계획도 없이 인생을 살아가는 사람은 아무도 없다. 사람은 살기 위해서, 또 살아가기 위해서 이런저런 목표를 설정하기 마련이다. 목표를 설정함으로써 쉬고 있던 지성과 육체는 활동하기 시작한다. 미래를 향한 뚜렷한 계획과 목표가 아니더라도 잠에서 깨어 눈을 떴을 때 당장 할 일이 없으면 그저 멍하니 침대 위 이불 속에서 누워있는 채로 잠이나 더 잔다거나 핸드폰이나 만지작거린다거나 하는 식으로 시간을 흘려버릴 것이다. 사소한 계획이라도, 친구와의 가벼운 약속이라도 있으면 거기에 맞춰 활동하게 돼 있다.

우리는 어떤 것이 됐건 계획과 목표를 세워야 한다. 목표는 자신을 움직이게 하는 모터가 되고 더 나아가 살아야 할 이유를 만드는 것이다. 사는 데 아무런 목표가 없다면 무슨 의미로 살겠는가. 목표가 있고 그것을 향해 달려가기에 우리의 삶은 의미로 채워진다.

오랜 시간 동안 꿈을 꾸는 사람은 결국 그 꿈과 닮아 간다.

– 작자 미상

한 가지 목표를 향해 오랫동안 꾼 꿈은 오직 그것을 향해 진화될 수밖에 없다. 하나의 꿈을 가지고 거기에 뚜렷한 목표를 세우면 체계적인 계획 없이도 정신이며 감각이며 하는 것이 자신을 그곳에 이끌어간다. 계획도 물론 중요하지만 물 없이는 물고기가 살 수 없고 공기 없이는 사람이 살 수 없는 것처럼 목표가 없으면 계획도 있을 수 없다. 목표는 우리를 살아가게 만든다. 목표는 우리를 저 높이로, 저 깊숙이까지 이르게 한다. 인생은 꿈에서 시작해 목표에 도달하는 그 사이를 진행하는 과정이다. 몇몇 사람들은 목표를 세우고 목표에 도달했을 때 또 다른 새로운 목표를 세우는 반복을 거듭하지만, 연구자나 과학자 중에서는 큰 목표를 하나 세우고 거기에 자신의 인생 전부를 던져버리는 사람도 있다. 우리는 저마다가 크고 작은 목표들을 세운다. 시간을 낭비하지 않고 살아가기 위해선 계획과 목표를 세워야 한다.

의지에 대하여

하나의 목표를 설정하고 그것에 도달하는 과정에서 이루고자 하는 의지를 얼마만큼 품고 있는지에 따라서 성공의 여부가 좌우된다. 의지가 약하면 그만큼 나약해지기 쉽고 나태해지기 쉽다. 굳은 의지는 나약함과 나태함을 물리친다. 의지를 갖추기 위해선 어떠한 계기나 동기부여로 인해 그만큼 절실히 이루고자 하는 목표가 먼저 생겨야 한다. 그것이 얼마나 절실한지에 따라서 의지도 그것을 따라간다. 사람이 순전 본인의 의지만으로 해낼 수 있는 능력은 크지 않다. 그렇기에 스스로 무언가를 해낼 수 있는 의지가 부족하다면 할 수밖에 없게 만드는 어느 환경 안에 가두어야 한다. 의지를 품고 목표를 향해 달려가는 과정에서 의지가 꺾이게 되면 의욕을 상실하게 되면서 목표했던 대상에 대한 의심마저 들게 된다. 정상에 자리한 사람들은 다른 사람들보다 훨씬 더 많은 의지에 대한 요구를 충족시킨 자들이다. 1등 하지 못한 사람 중에 1등을 목표로 하는 사람은 많아도 1등 하는 사람 중에 1등을 목표로 하지 않은 사람은 없다. 목표에 도달하기 위해서 의지는 필연적으로 동반하는 것이다.

의지에 대해 논하는 것 중에서 다이어트와 금연 두 가지를 많이 이야기하는데 다이어트와 금연은 웬만한 의지가 아니면 성공하기 힘든 것이 사실이지만 여기에는 순순히 본인의 의지만이 아닌 외부적인 영향이 크게 작용한다. 성공하기 위해서는 그만큼 확실한 동기부여와 목표가 있어야 한다. 이를테면 흡연이 자식에게 장애유전자를 준다는 것이 확실시된다거나 자신이 폐암에 걸릴 확률이 아주 높다는 것을 알게 된다면 그러한 동기부여들로 인해 금연하는 데 있어 훨씬 더 강한 의지를 품게 될 수밖에 없는 환경에 처해진다. 반대로 실패하는 사람들은 흡연이 자신에게 미치는 영향이 아직 충격적일 만큼 다가오지 않아서 굳이 끊을 필요성을 느끼지 못하기 때문이다.

다이어트도 마찬가지로 결과를 보여줄 사람이 없이 오직 스스로 건강이나 본인 만족을 위해서 목표 수량을 감량하는 것과 누군가와의 약속이나 앞으로 보여줄 사람들에 의해서 감량하는 것에는 의지의 큰 차이를 보인다. 전자 같은 경우에는 오직 본인의 의지와의 싸움이며 후자 같은 경우에는 반드시 성공해야만 하는 대상에 대한 동기부여가 적용되는 것이다. 역시나 결과적으로 전자보다 후자 쪽이 성공할 확률이 훨씬 높다. 그러니 의지가 약하면 할 수밖에 없게 만드는 환경 속에 자신을 가두어야 한다.

정신에 대하여

이토록 혼잡한 시대에 우리의 정신은 정착할 곳을 잃어버렸다. 어느새 세상에 대한 눈이 떠지고 나니 이미 세상엔 너무나 많은 것들이 나와 있어서 우리의 눈과 귀를 현혹하고 정신을 혼란에 빠트린다. 정신은 시대에 반영된다. 시대가 정신에 침투되는 영향력은 막대하다. 우리는 현재 살아가고 있는 시대에 비친 주변 환경의 것들을 보고 정신을 활동시킨다. 어지러운 세상은 우리의 정신에 직접 침투된다. 그래서 어느 것 하나에 온전히 집중하지 못한다. 세상에 다양한 일거리들은 우리가 새로운 경험을 갈망하는 욕망을 이끌어 내고 세상에 다양한 놀거리는 흥미를 자극해 즐기고자 하는 마음을 키우며 저마다 매력적인 사람들은 이성적 본능을 자극해 한 사람에게만 집중할 수 없게 만든다.

우리는 하나에 집중하지 못하고 하나에 만족하지 못한다. 강인한 정신은 그 무엇과도 바꿀 수 없는 큰 재산 중 하나임을 명심하여 정신을 단련시키는 데 힘을 써야 한다. 가난한 자가 정신마저 가난하다면 그는 하루하루 삶을 고통으로 채운 채 나날들을 살아가겠지만 가난하다 하더라도 정신이 강인하다면 다른 누가 뭐라든 신경 쓰지 않고 자신 앞에 펼쳐진 생의 운명을 받들며 인생을 꿋꿋이 살아갈 것이다. 우리는 정신을 갈고 닦아 높이 사고 받들어야 한다. 스스로 정신이 강하다고 믿는 사람은 종교를 믿지 않는다. 그들은 스스로를 믿는다. 그 어떤 것도 강인한 정신을 당해낼 것은 없다. 세월이, 질병이, 사고가 육체를 앗아갈지라도 강인한 사람의 정신마저 가져갈 수는 없다. 강인한 정신은 육체가 죽어도 살아남아 사후 세계에까지 영향을 미칠 것이다.

열정에 대하여

우리의 영혼이 어떤 가치를 지니는 것은
그것이 다른 무엇보다 더 뜨겁게 불탔기 때문이다.

– 지드

사람마다 개인 역량의 차이는 천차만별이지만 누가 어떤 일을 하건 거기에 진실된 열정을 쏟는다면 그것은 충분한 가치를 지닐 수 있다. 열정이 없이는 진짜 성공도 없고 진짜 실패도 없다. 진실된 열정엔 거짓이 없다. 가만히 앉아있거나 뭐든 대충하는 자세로 임하는 사람에게 성공은 찾아오지 않는다. 열정을 쏟아도 이룰까말까 한 꿈들에 열정을 보이지 못하면 꿈은 공상 차원에 머물고 만다. 진실된 열정이 진짜를 만들고 명품의 가치를 지닌다.

세상 모든 가치 있고 의미 있는 것들은 열정에 의해서 만들어진다. 우리가 살면서 정말 필요한 것들은 몇 존재하지 않는다. 하지만 몇몇 사람들의 열정이 있기에 새로운 것들은 탄생하고 진화하고 발전한다. 열정의 정도에 따라 가치의 차이가 난다. 능률은 고난 속에서 더 빛을 발하는 법이다. 뭐든 대충하는 습관이 몸에 깊숙이 배어버리면 그만큼 열정을 갖는 것 자체가 쉽지만은 않게 된다. 열정을 가지는 마음도 습관적인 영향을 미치니 작은 일 하나를 하더라도 진실되고 열정된 마음가짐을 지니는 것이 중요하다. 그런 마음이 그 사람을 참된 사람으로 만들고 진짜로 평가받게 한다. 잘하느냐 못하느냐가 중요하기에 앞서 열정을 가지느냐 그렇지 않으냐 하는 것이 중요한 대목이다. 열정 없이 행해지는 행위에는 영혼이 없다. 그것은 죽은 것이다. 열정을 불어넣기에 그것에게서 생명력이 느껴지는 것이다. 열정을 지님은 살아있음이다. 무기력함에 빠진 사람을 벗어날 수 있게 하는 건 오직 열정뿐이다. 무기력한 상태는 반쯤 죽어있는 상태고 그것을 살릴 수 있는 것은 열정뿐이다. 잠은 자도 자도 더 자고 싶고, 일을 한 번 쉬게 되면 계속 더 쉬고 싶은 것처럼 어떤 하나에 깊게 빠지면 그 열정은 쉽게 식을 줄 모른다. 그러니 열정을 가지고 살아가기 위해서 자신은 스스로 깊게 빠질만한 관심사나 흥밋거리를 하나 발견하고 그 일에 열정을 불어넣음으로 자신의 삶에 활력을 찾아야 한다.

아마도 욕심에 끝이 없다면 영원히 행복해질 수 없을 것이다. 달콤한 과일 열매가 가지 끝에 매달려 있는 것처럼 행복은 욕심의 끝에 매달려 있다. 사람은 저마다 크고 작은 욕심을 부리고 그 욕심을 채웠을 때야 비로소 행복감을 느낀다. 그래서 욕심이 적고 소박한 생활을 즐기는 사람들은 그만큼 더 바랄 것도 없이 현재 자신이 소유할 수 있는 것에만 만족할 줄 알기에 행복하다고 느끼는 정도가 욕심이 많은 사람보다 더 높으며, 욕심이 많은 사람은 욕심을 부림으로써 그 욕심이 채워지기 전까지는 스스로 불행한 존재로 만드는 것을 자초한다.

대부분 사람은 스스로 당장 가질 수 없는 것에 열광하기에 욕심을 부린다. 욕심이라는 것이 어법상의 문제 때문일지는 모르지만 안 좋게 들리는 경우가 많은데 욕심이 끌어당기는 힘은 우리가 바라는 대상에 도달하게 하는 강한 힘을 지닌다. 남의 것을 탐내는 욕심은 없어야 하는지만 스스로 이루고자 하는 목표에 대한 욕심은 큰 것이 좋다. 꿈의 크기가 큰 것과 스스로 성장에 대한 욕심이 많은 것은 같은 말이다. 그러나 욕심이 많은 것과 지나친 것은 다른 것이니 스스로 환경이나 능력에 따라 그것을 잘 구분할 줄도 알아야 한다.

포기에 대하여

포기하지 않으면 실패하지도 않는다.

– 작자 미상

우리는 어떤 꿈과 목표를 설정하고 그것에 도달하는 과정에 있어 너무 힘이 들거나 도저히 불가능하다고 느껴질 때 포기를 하고 만다. 포기하느냐 과정을 이어가느냐 그것은 단 한 순간에 선택에서 이루어지지만, 그 한순간의 선택이 남은 인생 전부를 뒤바꾼다.

TV를 자주 보진 않지만 틀었다 하면 운이 좋게도 꽤 유익한 방송들을 보게 된다. 최근엔 쇼트트랙 황제 안현수 선수의 생활을 그린 다큐멘터리 재방송을 보게 됐다. 그의 입장에 서면 너무나 안타깝고 시청자인 내 입장에서 보면 꽤 흥미로운 방송이었다. 기억나는 모습들이 많이 있지만, 그중에서도 가장 기억에 남았던 건 안현수 선수가 절망에 이르는 상황 속에서도 결코 자신의 꿈과 목표를 포기하지 않았다는 것이다. 그는 2006년 토리노올림픽에서 3관왕을 차지하고 5년 연속 세계선수권대회를 제패하며 명실상부 쇼트트랙의 황제로 떠오르게 됐다. 하지만 부상과 파벌 싸움 등의 영향으로 인해 황제에서 백수로 전락하게 되는데 만약 안현수 선수가 그 상황을 이겨내지 못하고 포기했더라면 어떻게 됐을까? 그는 온갖 악조건을 이겨내고 러시아 국적으로 다시 우리 앞에 나타나 보란 듯이 메달을 휩쓸어 버렸다. 만약 그가 포기했더라면 이토록 짜릿한 한 방을 날릴 수 없었을 것이다.

인류가 우주에 갈 수 있기까지는 그전 사람들의 포기하지 않음이 있었다. 우주에 가기 위해 최초로 계획하고 실행했던 사람은 우주에 가지 못했을 것이다. 하지만 그 포기하지 않음이 다음 사람에게로, 다음 세대로 전달되며 결국은 우주에 갈 수 있게 되었다. 우리의 꿈도 그렇다. 자신이 이뤄내지 못하더라도 포기하지 않으면 그 열정과 믿음이 다음 사람에게로, 다음 세대에게로 영향을 미칠 것이다. 한 사람이 자신의 뜻하는바 모두를 세상에 미치는 데는 한계가 있다. 하지만 그 신념을 죽어서까지 포기하지 않으면 그 뜻은 다음 세대로 이어져 훨씬 더 커다란 영향을 미치게 될 것이다.

포기하는 건 쉽다. 그것은 짊어지고 있는 모든 무게를 내려놓을 수 있다. 하지만 거기서 끝이다. 시작했으면 끝을 봐야지 중간에 포기해버리면 정말 아무것도 남는 게 없게 된다. 내가 지금껏 그렇게 살아와 봐서 잘 안다. 뭐든 시작만 해봤지 끝은 몰랐고 그렇게 이것저것 하며 살다 보니 뭐 하나 내세울 만한 것도 잘한 것도 없다.

정상을 목표로 산을 오르는데 중간에 포기해 버리면 그동안 걸었던 수많은 걸음이 아무런 의미가 없고 자전거 전국일

주를 하는데 중간에 집에 돌아와 버리면 그동안 지나쳐왔던 곳들마저 아무런 의미가 없게 된다. 꿈을 포기하지 않으려면 그 꿈의 형태가 뚜렷해야 한다. 막연한 꿈을 품고 있다면 그 꿈에 대한 자신의 믿음마저 희미해져 연기처럼 사라지게 될 것이다. 하지만 뚜렷한 꿈은 뚜렷한 만큼이나 자신의 믿음도 굳어져 어떤 의심도 없이 절대 포기하지 않게 된다. 세상을 지배하는 자는 없지만 각 위치에서 최고인 자들은 많다. 그들은 우리에게 꿈과 희망을 심어주고 절대 포기하지 말라는 말을 한다.

한계에 대하여

'한계란 스스로 만들어 낸 것에 불과하다.' 어느 광고에 나온 멋진 말이다. 하지만 이런 멋진 말과 달리 안타깝게도 사람에게는 각자의 한계치가 존재한다. 우리는 서로 다른 유전자를 받고 태어나고 신체기관의 성장은 다른 선에서 굳어지며 다른 IQ를 가짐으로써 다른 두뇌 활동을 한다.

우리의 경험도 모두 제각각이어서 그 경험이 만들어 내는 한계치 또한 제각각이다. 누군가 아주 손쉽게 해내는 일을 누구는 아주 힘겹게 해내고 누군가 아무렇지도 않게 하는 일을 누군간 절대 할 수 없기도 하다. 우리는 이러한 한계를 받아들여야 한다. 소크라테스가 말한 것처럼 자기 자신을 알아야 한다. 하지만 스스로와의 싸움에선 이 한계를 여러 번 무너뜨릴 수 있다. 누군가는 자신이 지니고 있는 능력을 알지 못하고 발견하지 못해 스스로 한계치를 아주 낮게 잡아버려 그 낮은 한계치에 자신의 가치를 잡아버리는 안타까운 일도 있다. 하지만 어떤 계기로 인해 자신의 능력을 발견하는 순간 그 한계치는 쉽게 깨지기도 한다. 이런 경우에서 '한계란 스스로 만들어낸 것에 불과하다'는 말이 딱 어울리다.

우리는 다른 사람과 비교하였을 때 수없이 많은 서로 다른 조건을 지니고 있다. 그것은 명백한 한계의 차이를 만들어 낸다. 하지만 자기 자신과의 싸움에선 그렇지 않다. 어떤 대상에 대하여 남다른 재능을 보이는 사람은 있을지 몰라도 처음부터 잘하는 사람은 아무도 없다. 우리는 그것에 부딪혀 자신의 한계의 벽을 만들어 내고 또다시 부딪혀 한계의 벽을 부순다. 그리고 또다시 다음 한계의 벽에 부딪히고 또다시 그것을 부순다. 물론 절대 무너지지 않는 벽도 있을 것이다. 하지만 그 벽이 언제 무너질지는 아무도 모르기에 계속 부딪혀 볼 가치는 있다. 그 누구도 자신의 한계치를 제대로 아는 이는 없다. 생각하는 것보다 우리가 지닌 세포들의 감각은 훨씬 뛰어나다.

한계란 반드시 존재하는 것이기도 하지만 반드시 넘어설 수 있기도 하다. 한계란 계속 부딪혀 볼 만한 필요가 있는 대상이다. 그것이 계속 버티고 서있을지 아니면 우리가 넘어설 수 있을지는 끊임없는 도전이 아니고서야 알 수 없는 것이다. 자신의 한계치를 으레 짐작해 체념하고 낙담한다면 벽 앞에 아무런 힘없이 무너질 것이다. 하지만 스스로에 대한 가능성을 믿고 열정과 희망을 가지고 도전한다면 결과는 알 수 없을 것이다. 자신의 한계치를 너무 낮게 잡지도 말며 절대 불가능한 것에 힘을 낭비하지 않도록 스스로를 알며 한계라는 벽을 너무 높게 보지 말며 가능성과 희망을 품고 계속 부딪혀 봐야 한다.

절제에 대하여

뭐든 적당한 것이 제일이다. 과유불급은 언제나 상기해야 하고 있어야 할 교훈이다. 욕심이 분에 넘치는 사람은 많고 많으며 그 지나친 욕심으로 화를 부르는 사례 역시 많고 많다. 어진 사람들은 본능적으로 절제의 미덕을 알고 우리는 여러 사례를 통해 그들을 접할 수 있게 되는데 돈이 많은 사람 중에는 일반 사람보다도 더 소박한 생활을 즐기는 사람이 있고, 연예인보다 외모가 빼어나지만 자신의 모습을 드러내 보이지 않는 사람이 있고, 말을 잘하는 사람 중에는 말을 아끼는 사람이 있다.

진정한 웅변은 웅변을 우습게 안다.

– 파스칼

절제의 미덕을 아는 사람들은 결코 자기 자신을 드러내 보이려는 허식에 취하지 않는다.

제갈공명은 만약 서서의 추천사 한마디와 현덕의 삼고초려가 없었다면 분명 타고난 성정과 운명을 온전히 하면서 세상에 자신을 드러내려 하지 않았을 것이다.

– 홍매

이러한 현자는 세상에 손을 꼽을 정도밖에 존재하지 않는다. 거의 모든 사람은 지닌 능력이나 사회적 위치에 상관없이 어리석은 모습을 보인다.

진짜 값진 보석은 아주 깊은 곳에 숨어 있어 쉽게 찾을 수 없는 것처럼 진짜 값진 사람은 자신을 숨겨 드러내 보임이 없다.

사람은 참 헛된 것에 빠져들기가 쉬운데 그 대표적인 것 중 하나가 사치다. 사치란 뜻 그대로 자신의 분수 이상의 물품을 구입하거나 그만한 생활을 할 때를 일컫는 말인데 대부분 사람이 이 사치에 얽매인다. 그 이유는 사람은 자신의 능력으로 가질 수 있거나 자신 주변에 있는 것보다 현재 자신이 가질 수 없는 물건이나 생활을 훨씬 더 애타게 갈망하기 때문이다.

어릴 때는 유행을 따라가는 경우가 많이 있다. 친구들이 유행하는 고가품을 가질 때 혼자 그렇지 못하게 되면 자존감이 낮아지는 느낌을 받게 된다. 어린 청소년들은 그런 부분에 민감하게 작용한다. 하지만 그것은 어른이 되고 난 후에도 비슷한 증상을 보인다. 성인이 되면 자연적으로 자기 스스로나 집안의 경제적 능력을 파악하게 되고 그러므로 현실을 좀 더 직시하게 되지만 아이일 때나 어른일 때나 할 것 없이 남들에게 과시하고 싶어 하는 욕구는 숨기지 못한다.

누구나 자랑할 게 있으면 드러내는 법이다. 그중에 명품은 말할 것도 없다. 많은 사람이 돈만 있다면 그런 것들을 소유하고 싶어 한다. 왜냐면 그런 것들은 다른 많은 사람이 가지지 못한 희소성이 있어 자신만의 가치를 높여주기 때문이다. 사람들은 그런 부분에서 자존감이 높아지는 느낌을 받는다.

남들과는 다른 느낌, 더 우월한 느낌, 사람들은 그런 것을 느끼고 싶어 한다. 자신의 자존감을 형성하지 못하는 사람들은 다른 사람이 그런 고가의 명품이나 사치품에 해당하는 것을 소유하게 되었을 때 심한 부러움을 느낀다. 반대로 스스로 존재를 사랑하고 스스로 가치를 높게 사는 사람들은 그런 이들을 보며 조금 마음의 동요도 일으키지 않는다.

돈에 대하여

더 이상 그 누구도, 예수도 부처도 돈의 가치에 대하여 부정할 수는 없다. 돈은 삶의 질과 만족도를 높이는 명백한 요소다. 돈이 많은 자가 세상의 주인이 된다. 돈이 많으면 대부분의 걱정은 사라지게 된다. 돈으로는 정말 많은 것들을 할 수 있다. 많은 돈은 하고 싶은 것을 할 수 있게 하고 살고 싶은 삶을 살 수 있게 한다.

돈은 신처럼 받들만한 가치가 충분히 있다. 왜냐면 그 돈이 다시 사람을 신처럼 받들기 때문이다. 돈을 싫어하는 사람은 아무도 없다. 돈을 싫어하는 자가 있다면 명백한 거짓이다. 돈은 있어도 불안하지만 없으면 더 불안하다. 아무리 추하게 생기고 인격이 더럽혀진 사람이라도 많은 돈을 가지고 있다면 다르게 보인다. 즉, 돈은 그 하나로 아주 많은 단점을 가릴 수 있다. 돈으로 사랑을 살 수도 있다. 돈으로는 계절도 바꿀 수 있다. 돈이 많은 자에게는 지상이 낙원이고 지상이 천국이다.

돈에 따라 삶의 질이 좌우된다. 아무리 고된 일을 겪는다 하더라도 훗날 주머니에 들어올 돈을 생각하면 참고 견딜 수 있는 마법 같은 힘이 생긴다. 돈은 사람의 가치를 높여주는데 큰 역할을 한다. 그래서 진정 가치 있는 사람은 굳이 돈이 필요하지 않기도 하다. 지나치게 많은 돈은 필요가 없지만 지나치게 가난한 것보다는 그래도 낫다.

돈 때문에 세상에 나타나지 말았어야 할 것들이 너무 많이 생겨났다. 돈에는 여러 가지 모습이 있다. 돈은 상황에 따라서 천사가 되기도 하고 악마가 되기도 한다. 돈은 상황에 따라서 사람을 죽이기도 하고 살리기도 한다. 돈 없이 살 수는 없다. 세상 모든 움직임은 돈에 의해 이루어진다. 돈이라는 것은 어느 사람에게나 인생에서 절대 빼놓을 수 없는 문제 중 하나다. 사람은 저마다의 걱정거리들을 안고 살지만 돈 걱정하는 건 모두가 똑같다. 남들보다 특출한 재능을 가지고도 돈을 잘 벌지 못하는 사람이 있지만, 별것 아닌 것으로 많은 돈을 버는 사람도 있다.

돈을 비판적으로 보는 사람들도 많다. 왜냐면 돈이 없는 사람들이 많기 때문이다. 자기 생활에 부족함을 느끼지 못하는 사람들은 돈을 미워하지 않는다. 돈이 최고는 아니지만, 현실을 살아가는 동안에 절대적으로 중요하다는 건 부정할 수 없는 사실이다.

능력에 대하여

능력이란 곧 힘을 말한다. 그리고 이 힘에는 경제적인 힘, 사람의 심리를 꿰뚫어 보는 힘, 사람을 즐겁게 할 줄 아는 힘, 사람의 마음을 얻을 줄 아는 힘, 위기의 상황에서 잘 대처하는 힘, 역경 속에서도 생존을 이어나가는 힘 등 그 형태는 여러 가지가 있다.

사람은 저마다 다른 힘을 지니고 있고 대부분 자신이 하는 일은 자신의 능력을 따라가는 경우가 많다. 말을 잘하는 사람은 사회자가 되거나 그 능력을 악용하여 사기꾼이 될 수도 있고, 배움이 충족됐다면 변호사가 될 수도 있다. 자신의 능력을 발견하고 그것을 허비하는 사람은 없다. 누구나 자신의 능력을 쫓아가는 법이다. 축구에 재능을 보이는 사람이 농구에 조금 더 재미를 느낀다고 해서 그 길로 가지는 않는다. 결국은 자신의 가능성과 재능이 보이는 길을 따라가고 다른 건 취미로 밀어둔다.

능력은 저마다 차이가 있고 사람은 누구나 더욱더 능력 있는 사람을 원한다. 그리고 그 능력은 다른 사람에 의해 평가됨으로써 소문으로 이어지기 마련이다. 그래서 병원에 가도 식당에 가도 어디를 가도 사람들의 입에서 많이 오르내리는 신뢰가 있는 곳을 찾아가기 마련이다. 한데 능력도 없으면서 돈을 벌기 위해 광고하고 소문만 뿌려대는 곳들이 허다하다. 가짜들이 너무 많다. 가짜들 때문에 신뢰는 더욱더 중요시된다.

능력의 차이는 곧 그 사람의 가치의 차이를 말한다. 능력이 있는 사람은 그만큼의 가치를 인정받는다. 능력이라는 것도 결국엔 다른 사람과의 비교하에 평가되는 것이기 때문에 어떤 특정한 일을 놓고 사람들의 능력을 비교하였을 때 누구 하나 빠짐없이 그 일을 잘한다면 능력 있는 사람은 없게 된다. 한데 그중 몇몇이 일을 제대로 수행해 내지 못한다면 자연적으로 나머지는 능력을 인정받게 된다. 능력은 타고난 것도 있지만, 자신이 타고난 재능을 지니고 있지 않음을 안다면 능력 있는 사람이 되기 위해선 부단히 노력하고 열심히 사는 수밖에는 없다.

활용에 대하여

활용할 줄 아는 능력은 삶에 직접적으로 큰 영향을 미친다. 우리는 신이 아니므로 세상에 전혀 없던 것을 창조해 내지 못한다. 세상에 이미 나와 있는 것들을 활용함으로써 새로운 것들을 창조해 내고 그렇게 삶에 변화를 준다.

작가는 글자를 활용해서 단어를 조합해 문장을 만들고 여러 문장으로 이루어진 한 권의 책을 만든다. 글자가 없다면 작가는 없다. 작가는 글자를 활용한다. 기업을 경영하는 사람은 사람을 잘 활용할 줄 알아야 한다. 큰 회사를 만들기 위해선 그와 비례하게 많은 사람을 필요로 해야 하고 사람들이 그 회사에서 일하고 싶어 할 만한 여러 조건을 갖춰야 한다.

누군가는 쓰레기라고 버리는 것을 누군가는 재활용하여 새로운 것을 만들어내고 그것으로 돈을 번다. 누군가에겐 전혀 필요 없다고 버려지는 것이 누군가의 삶엔 직접적인 영향을 미친다. 피카소는 물감을 만들지는 못하지만, 그 물감을 활용해 최고의 작품을 만들어 낸다. 방송국은 연예인을 활용해 돈을 벌고 또 연예인은 그 방송국을 활용해 돈을 번다. 악기를 다룰 줄 아는 대부분 사람은 악기를 만들 줄 모른다. 그들은 그저 악기를 사서 그 악기를 활용한다. 사진작가는 카메라로 사진을 찍지만, 그들 역시 카메라는 만들 줄 모른다.

드라이버는 운전을 잘하지만, 그들 역시 자동차를 만들 줄은 모른다. 컴퓨터 프로그램을 만드는 사람들 대부분도 컴퓨터 자체를 만들지는 못한다. 하지만 그 안에서 그들은 물 만난 물고기처럼 자신의 활용 능력을 마음껏 뽐낸다.

우리의 생존에 직접적으로 필요한 일들은 아주 오래전부터 이미 나와 있었고 그러한 것들이 기반을 다져 놓은 지금 그 위에서 새로운 일들이 생겨난다. 무엇인가를 얼마만큼 잘 다루고 활용할 줄 아느냐에 따라서 그 사람의 능력이 평가되고 그것이 그 사람의 생존에 많은 영향을 미친다. 돈이 많은 사람이 그 돈을 어떻게 활용해야 하는지 잘 모른다면 돈이 아무리 많다 하더라도 가치가 떨어지게 돼 있다. 머리가 아무리 좋은 사람이 그 좋은 머리를 어디에 사용할 줄 모른다면 쓸데없게 되고 운동신경이 남들보다 월등히 탁월한 자가 운동을 하지 않고 가만히 앉아 있게 되면 그 좋은 신경은 마치 16기통 엔진을 장착한 스포츠카가 차고에 박혀있는 것처럼 녹이 슬고 만다. 그러니 자신의 능력을 찾고 그 능력을 잘 활용해 낼 줄 알아야 한다.

그 끝이 어디까지일지는 모르겠지만, 기술은 빠르게 계속해서 발전하고 진화하고 있다. 기술의 발달로 인해 세상에는 많은 변화가 일어났고 누군가 힘겹게 기술을 익혀서 활용하는 만큼 우리의 실생활에 편리하고 유용한 점들이 많이 생겨났다.

사람들은 기술을 익히는 데에 만족하지 못하고 더 나아가 기술을 진화시켜 보다 더 새로운 것들을 창조해냄으로써 질의 만족도를 높인다. 기술의 혁신적인 변화는 곧 시대의 변화를 만들어내며 그것에 따라가지 못할 경우 시대에 뒤처져 경제적인 면이나 여러 면에서 타격을 입고 생활에까지 치명적인 영향을 미칠 수 있다. 가만히 있거나 전통만을 고집하는 것같이 현재의 것을 유지하는 것만으로는 세상을 살아가기 힘들다. 그 끝이 어디까지일지는 알 수 없지만, 기술의 발달로 인류는 끊임없이 진화해왔고 현재도 진행 중에 있다.

크고 작은 자연재해가 일어나지만, 대지와 대자연은 오랜 세월 변함없이 그대로의 모습을 유지하고 있는 반면에 그 안에서 살아가는 인류의 모습은 놀라운 속도로 변화에 변화를 거듭하고 있다. 미래를 알 수 없는 것처럼 그 끝을 알 수 없다. 지금도 어디선가는 보편적이지 않은 새롭고 혁신적인 기술들이 이미 나와 있거나 끊임없이 개발 중이다. 그런 것들이 보편화되기 시작하면 현재의 것은 또다시 퇴폐하고 그 새로운 것이 현재의 것이 된다. 이 정도면 됐다 싶은 것들도, 이것보다 더 좋은 건 나올 수 없다 싶은 것들도 언제나 그보다 더한 것들이 나온다. 신형 자동차도, 가전제품도 출시할 때는 더 이상 무엇을 더 바라냐 싶을 정도로 나오지만, 만족할 줄 모르는 인간의 감각은 언제나 보다 더한 것을 원한다. 그래서 아무리 완벽에 다가서려 해도 세상에 완벽한 것은 없는 것이다.

완벽이란 존재하지 않는다. 다만 표준을 찾아갈 뿐이다.

– 작자 미상

기술의 진화는 감각을 진화시키고 감각은 또 기술을 진화시킨다. 그런 면에서 기술은 앞으로도 끝없이 발전할 전망이다. 오랜 시간이 흘렀을 때 우리가 쉽게 상상하기 힘든, 혹은 상상으로만 그려왔던 생활이 현실로 이뤄질 것이다. 지금 우리는 아무것도 느끼지 못한 채로 현대 생활을 하고 있지만, 이것은 과거 사람들이 상상이나 했던, 상상조차 하지 못했던 삶이었다. 기술은 삶의 변화에 가장 큰 기여를 한다.

인터넷의 등장은 세상을 완전히 뒤엎어 놓았다. 인터넷의 등장이야말로 혁신 중의 혁신이다. 세상의 경계를 나눈 큰 요소들이 몇 가지 있다면 인터넷이 그중 하나다. 인터넷이 있기 전과 후의 인류의 삶은 크게 달라졌다. 그것은 말로는 다 표현하기 힘든 놀라운 혁신이다.

인터넷으로 세계화가 도래한 이 시대에 그것을 접할 수 있는 환경에 있는 세대 중에서 아직도 무지한 자가 있다면 그는 정말 스스로 반성해야 한다. 과거 사람들은 주변의 사물들만을 볼 수 있었고 주변 사람밖에는 만날 수 없었다. 그래서 그 자신은 그 안에 갇힐 수밖에 없었다. 하지만 지금 우리는 인터넷으로 세계 곳곳을 들여다보고 세계 여러 사람과 만나게 된다. 과거 그 주변의 사람들만이 누릴 수 있는 특혜였다면 이제는 우리도 소크라테스나 공자의 가르침을 들을 수 있고, 여러 성공한 사람들의 과정을 지켜보며 그들이 하는 말을 들을 수 있다.

인터넷으로 세상은 많이 공평해졌다. 과거 높은 사람들만이 보고 듣고 알 수 있었던 것을 이제는 우리도 보고 듣고 알 수 있다. 그들이 보는 것을 우리도 보고 그들이 듣는 것을 우리도 듣고 그들이 아는 것을 우리도 안다. 이쯤 되면 머지않아 세상의 경계가 허물어진다고 해도 과언이 아니다. 다만 무엇을 선택해 그것에 관심을 쏟느냐 하는 것만이 다르다. 모르면 찾아보면 된다. 지식인 중에 많은 사람은 죽기 전 자신이 알고 있던 것들을 세상에 남겨놓고 떠나려 한다. 우리는 그들이 힘겹게 알아내 남겨놓고 간 것을 감사하게 찾아보기만 하면 된다. 우리가 관심만 두고 쳐다보면 세상 어디에도 우리가 알지 못할 것은 없다. 관심과 의지만 있다면 우리는 어느 것이고 알 수 있다. 타고나게 두뇌가 딸려서 머리에 담아두지 못해도 상관없다. 찾아보면 된다. 찾아서 보면 된다. 그렇게 알아 가면 된다. 우리가 알고자 하는 마음이 간절하다면 세상에 나와 있는 것 중에 알지 못할 것은 없다.

이제 우리는 세상 사람들과 소통할 수 있다. 우리의 안목은 훨씬 넓어진다. 물론 국가기밀이라던가 나사가 외계인과 접촉했는지에 대한 사실 여부 같은 것은 알 수 없다. 하지만 정말 우리는 이제 아주 많은 것들을 알 수 있지 않은가. 그들도 우리처럼 태어날 땐 아무것도 몰랐다. 아주 오랜 세월이 지났어도 우리도 그들처럼 태어날 땐 아무것도 몰랐다. 과거 사람들은 인터넷이 없이도 잘 살았지만, 인터넷을 접한 시대의 사람이 인터넷을 사용하지 않게 됐을 땐 생활에 많은 불편을 느끼게 될 것이다.

얼마나 체계적으로 진행되고 나누어지느냐에 따라서 격차는 따라갈 수 없을 정도로 벌어진다. 무엇을 하든지 보다 체계적인 계획을 구상하고 진행해야 한다. 막연하게 하거나 대충해서는 안 된다. 그것은 보통 사람들도 모두 할 수 있는 것이며 반드시 한계가 존재하기 마련이다. 하나의 완성된 것이 존재하기까지는 수많은 체계가 각각의 위치에 서서 하나의 조직을 형성한다. 체계적인 것은 인간 본연이 지니고 있는 불완전한 모습과는 달리 완전한 구성 요소를 이룬다. 하나의 체계가 하나의 차이를 만든다. 하나의 차이는 큰 차이를 만든다.

이 사회는 여러 체계를 통해 구성돼 있다. 교육체계만 봐도 초등학교부터 중학교 고등학교 대학교로 나뉘며 또 학교 내에선 학년이 서로 나뉘고 문과와 이과가 나뉘고 심화반과 보충수업반이 나뉜다. 회사 내에서도 회사마다 영업팀 고객관리팀 재무팀 등 여러 분야로 직책이 나뉘고 또 사원부터 시작해 회장에 이르기까지 중간에 많은 직급이 존재한다. 병원 하나를 운영해도 영화 하나를 촬영해도 자동차 하나를 만들어도, 뭘 해도 그 조직 내에선 직책과 직급이 나뉘어 각자의 맡은 일에 종사하게 된다.

체계가 무너지면 곧 그 전체가 무너진다. 완벽함에 다가서기 위해선 그만한 체계가 잡혀있어야 한다. 체계가 제대로 잡혀있지 않으면 무너지기 마련이다.

수학에 대하여

수학이 없는 세상은 수많은 어지러움으로 혼란을 일으킬 것이다. 인지하지 못하는 사이 우리 주변엔 수학적인 것들이 널려있다. 수학을 통해 더욱 체계적인 것들을 계산하고 삶에 안정을 바로잡는다. 모든 학문 중에서도 수학은 가장 체계적인 학문이라 할 수 있다. 체계가 잡히지 않은 세상은 어지러워지기 마련이고 그 체계적인 것의 중심엔 수학이라는 학문이 있다.

우리의 안식처인 집이며 발길이 닿는 모든 아스팔트의 도로이며 거대한 도시부터 산골짜기에 있는 외딴집까지 수학이 미치지 않는 곳은 없다. 예술은 얼마나 체계적이냐를 요구한다. 센트럴 파크를 중심으로 높은 빌딩이 정교하게 늘어선 도시의 모습은 자연을 바탕으로 인간이 만들어 낸 너무나도 아름다운 예술작품이다. 수학은 보다 더 정교하고 세밀한 것들을 요구하고 그러한 것들은 인간의 감각에 많은 영향을 미친다.

몇몇은 도심 속에서 자연을 갈망하지만 사람이 원래 자연 속에서 갈망하던 건 도심이었다. 광활한 들판은 갖가지 식물들이 어우러져 아름답게 보이지만 그 안에는 다양한 곤충과 벌레들이 들끓고 끝이 보이지 않는 바다는 신비로워 보이지만 그 물은 짜기만 하다. 겉으로 보면 아름답게 보이지만 더 깊숙이 들여다보면 인간과 함께 어우러질 수 없는 요소들을 피해 우리는 자연과 분리된 우리만의 새로운 공간을 만들어냈다.

도시는 자연을 해친다. 도시는 자연과 분리되었다. 환경단체는 도시와 자연이 함께 어우러질 수 있도록 노력을 한다. 완전한 자연도 완전한 도시도 원하지 않는다. 우리가 바라는 건 자연과 도시의 경계가 없는 공존이다. 인간은 다른 동물들처럼 자연 속에서 살아갈 수 없기에 자신들이 살아갈 수 있는 공간을 자연과 경계 지어 만들었다. 그렇게 생겨난 도시는 우리에게 필요 이상의 많은 흥밋거리를 제공한다.

도시 안에는 제각기 다른 아주 많은 사람이 있고 다양한 직업이 있고 많은 음식도, 많은 오락거리도 있으며 일일이 나열하기 힘들 정도로 좋은 것도 나쁜 것도 그저 그런 것도 이런저런 것들이 온통 뒤섞인 갖가지 수많은 것들이 존재한다.

도시는 혼잡하다. 그것은 우리의 정신에까지 침투되어 혼란을 불러온다. 이러한 도심 속에서 우리는 뭘 해야 하는지 쉽게 갈피를 잡을 수 없다. 이런 혼란 속에서 정신은 어느 한 곳에도 제대로 집중하지 못한다. 도시는 온갖 편의 시설들을 제공하고 그 안에서 정신과 활동성은 죽어간다. 도시는 넓은 감옥이다. 우리는 이 안을 쉽게 벗어나지 못함으로써 모험심을 잃어버린다. 귀농 생활을 자처하는 이들도 있지만 많은 사람은 점점 도시 속으로 스며들고 그 안에서 물들어간다.

그 건축물들은
"형태에서는 자연의 모습을 엿볼 수 없으나 빛과 대리석의 질감 덕분에 자연스럽게 하늘과 땅에 연결된 것처럼 보인다. 이것은 '바다'나 '산'처럼 자연 그대로의 인상을 자아낸다. 인간의 창조물 가운데 어느 것이 이 단계에 도달할 수 있을까?"

– 르 코르뷔지에

인간은 다른 동물보다 자연을 받아들이지 못하기에 강렬한 햇빛을 피해, 쏟아지는 비와 눈, 그리고 강한 바람을 맞지 않고자 자연으로부터 스스로를 보호할 수 있는 방어체계를 만들어 냈다. 하늘에서 내리쬐는 강한 빛을 피해 잎이 무성한 나무 그늘 아래로 숨고, 쏟아지는 비를 피해 동굴을 찾아 헤맸다. 아무것도 없는 황무지에선 찬바람을 피하고자 나뭇가지를 꺾어 잎으로 몸을 감쌌다. 그렇게 주변 사물들을 이용하며 스스로를 보호하기 시작했다.

시대를 거친 건축의 변화는 그만큼 발달한 인간의 지적능력 향상과 생활의 변화, 그리고 유용성 등을 그대로 나타낸다. 주변 사물들은 사람의 지적능력과 감각을 자극해 이용하게 만들었고 그렇게 주변의 흙과 돌, 나뭇가지와 쇠와 철들을 활용해 내면서 건축을 하기 시작했다. 건축의 역사를 보면 인류의 역사를 볼 수 있다. 그만큼 건축엔 인간의 본능과 감각, 그리고 영혼이 고스란히 스며들어 있다. 건축의 진화를 통해 인간의 진화를 볼 수 있다.

건축은 우리 주변에 너무도 가까이 있어 쉽게 그 존재를 깨닫지 못한다. 우리에게 건축은 생활하는 데 필요한 가장 기본적이면서도 필수적인 요소들의 집합체이며 이 안에서 우리는 삶을 영위해 간다. 처음에 건축이 단순히 생활을 영위하기 위한 하나의 일차원적인 요소였다면 인간의 보다 더 나음을 갈망하는 감각은 건축을 보다 더 실용적으로, 보다 더 예술적인 감각을 동원해 새로운 건축 문화를 창조해 냈다.

인간의 갈망은 건축에 그대로 반영된다. 더 큰 집을 원하고 더 큰 화장실과 더 많은 방과 실용적인 공간, 확 트인 주변 풍경과 더 높은 위치에서 내려다보는 풍경, 고급 자재와 친환경 자재, 오래된 건물은 부수고 그곳에 새로운 건물이 올라선다. 인간의 만족함은 끝이 없다. 우리는 아직도 보다 더 새롭고 이상적인 집과 건축을 기다리고 있다.

건축은 각 나라와 지역을 대표하는 가장 강렬한 첫인상을 자아낸다. 건축의 형태는 디자이너의 정신을 표현한다. 우리는 살고 우리가 사는 건 건축 안에서다. 우리는 자연 안에서는 살아갈 수 없다. 우리는 건물을 짓고 자연과 경계 지어 안과 밖이라 부른다. 현관문을 열고 자연으로 나서는 순간 그 공간은 밖이 된다. 우리는 자연을 밖이라 부른다. 그 이유는 건축이 있기 때문이다. 건축은 인간의 모든 요소의 집합체이다. 건축에는 수학이 있고 과학이 있고 역사가 있고 미래가 있고 자연이 있고 인공이 있고 풍요가 있고 가난이 있고 사랑이 있고 시기가 있고 욕심이 있고 지휘가 있고 노동이 있고 인간의 모든 육체와 정신적 감각이 전부 스며들어 있다. 건축은 하나의 동네를 만들고 하나의 도시를 만들고 하나의 지역을 만들고 하나의 나라를 만든다.

건축이 미치지 않는 곳은 어디에도 없다. 우리는 여러 건축물이 들어선 도시 속에 살고 그 모든 것은 건축에 기반한다. 인류가 만들어 낸 모든 위대한 창조물도 건축 안에서 만들어진다. 어두컴컴한 지하실에서, 아늑한 카페 안에서, 달빛이 창가로 스며드는 방 안에서, 넓디넓은 공장에서, 인재들이 둘러앉은 회의실 안에서, 실험 도구가 즐비한 연구실 안에서 인간의 모든 창조물은 탄생한다. 우리가 자연 안에서 가장 먼저 할 수 있고 해야 할 일은 건축하는 것이다. 건축 안에서 우리의 여가며 일이며 생활의 모든 것이 이루어진다.

요즘 시대에 우리를 여행하게 만드는 대부분도 새로운 건축물을 두 눈으로 보고 그 외관과 내부의 공간이 전해주는 어떤 느낌을 받기 위해서다. 우리는 인터넷상에서 다른 지역이나 다른 나라의 하나의 건축물을 보고 또 하나하나의 건축물들이 둘러싸인 도시를 본다. 그 건축물들은 우리에게 '가보고 싶다'는 느낌을 이끌어 낸다. 여행의 목적은 제각각이지만 대부분이 여행할 때 프랑스 파리에 가서 에펠탑을 보는 것이 아니라 에펠탑을 보기 위해 프랑스 파리를 간다. 어느 지역에 위대한 자연경관이나 대표적인 건축물이 없다면 우리는 그곳을 갈 필요성을 느끼지 못한다. 우리는 그런 것들을 보기 위해 여행한다. 그리고 자연경관이 있는 주변엔 사람들이 머무르고 쉴 수 있는 건축물이 생겨나기 마련이다. 인간의 발길이 닿는 곳이라면 어느 곳이든 건축이 생겨난다. 건축은 인간이 만들어낸 위대한 작품이다. 건축하는 인간은 위대하다. 건축은 인간이 위대한 존재임을 나타낸다.

우주 탐험가들이 인류가 생활할 수 있는 하나의 행성을 발견해 그곳에 정착하기로 한다면 가장 먼저 그곳에 건축을 할 것이다. 건축은 우리의 삶과 생존에 직접적인 영향을 미친다. 건축이 없이 우리는 삶을 영위해 나갈 수 없다. 우리가 계속 생존해 나가려면 그곳엔 건축이 있어야 한다. 심장이, 자연이 주는 산소가 우리를 숨 쉬게 하고 살아가게 하는 것처럼 건축이 우리를 살게 한다.

성공한 사업가들의 공통된 특성 중 하나는 많은 사람을 상대로 한다는 것이다. 왜냐면 인구대비 훨씬 더 많은 수익을 창출할 수 있기 때문이다. 사회 복지가 제대로 갖춰지지 않는 나라에선 백날 월급쟁이로 살아봐야 빠듯한 생활에서 쉽게 벗어나기 힘들다. 300만 원을 버는 사람은 300만 원에 맞춰 살게 돼 있고 500만 원을 버는 사람은 500만 원에 맞춰 살게 돼 있다. 반면에 사업해서 성공하면 월급쟁이들이 평생 벌 돈을 아주 단기간에 마련할 수 있다. 그런데 또 반대로 사업해서 망해버리면 자신의 생계에 치명적인 영향을 미치게 되니 안전하게 월급쟁이로 살 것인가? 사업에 성공해서 월급쟁이보다 더 화려한 삶을 살 것인가? 그것이 문제로다.

사업의 목적은 오로지 돈이다. 수익이 되지 않는 일을 절대 하지 않는다. 모든 움직임이 수익창출을 목표로 이루어진다. 돈을 벌기 위해선 먼저 무엇이 자신의 지갑에서 돈을 빼내 가는지에 대하여 생각해 보는 것도 중요한 문제다. 왜냐면 자신이 관심 있는 것에 돈을 쓰게 돼 있고 이왕 시작하는 사업 자신과 전혀 무관하고 관심이 없는 것보다 조금이라도 관심이 있고 자신 주변에 영향을 미치는 것들이 앞으로의 사업을 계획하는 데 있어 살점이 될 것이기 때문이다.

월급에는 기복이 없지만, 사업은 하루하루, 한 달 한 달, 1년 2년 매 순간 기복이 존재한다. 통합적으로 평균 수익은 낼 수 있지만, 어느 하루도 이렇다 하고 장담할 수는 없다. 시장은 계속해서 변화하며 사람들의 움직임은 그 변화에 맞춰간다. 사업의 주목적은 돈이고 그 돈은 사람들을 끌어모으는 데서부터 시작된다. 그래서 큰 성공을 거둬본 사람들은 시장의 흐름이라든지 사람을 끌어모으는 데에 대한 탁월한 감각을 유지하고 있어서 쉽게 무너지지 않거나 무너져도 다시 일어날 힘을 지니고 있다. 반면에 실패를 거듭하는 사람들은 그 실패의 경험들이 뼈가 되고 살이 되어 기초를 탄탄하게 받쳐줘 앞으로 다시 시작할 사업에 좋은 버팀목이 돼주는 경우도 있지만 거듭된 실패에도 불구하고 도무지 감을 잡지 못하여 그 속에서 헤매고 있는 경우도 있다.

새로운 사업에 시도하는 것 또한 일종의 도박이기에 많은 자본을 가지고 시작하는 것이 좋다. 하지만 아주 많은 사람이 사업을 시작할 때 자신이 가진 전부를 투자하거나 대출받아 빚을 떠안은 상태로 시작한다. 그런 경우엔 정말 그 사업이 자신의 목숨과도 다름없는 것이다. 자신의 전부를 투자한 사업에 실패하게 되면 앞으로의 삶이 걷잡을 수 없는 길로 빠질 수도 있다. 사업을 시작함은 곧 배를 타고 바다를 항해하는 거대한 모험과도 같으며, 크고 작은 파도에 부딪혀 이런저런 수난을 겪고 그 안에서 정신을 똑바로 차리지 못하면 살아남기 힘들 것이다.

노동에 대하여

생각하고 움직이는 행동에서 일이라는 것이 접목되면 무엇이 됐든 노동이라고 얘기할 수 있지만 가장 보편적으로 노동이라 말하고 노동자라 말하는 사람들은 오로지 육체적인 노동으로 딱 그만큼의 대가를 받는 사람들을 말한다. 노동자의 삶은 언제나 지치고 고되며 돈 버는 만큼 건강을 잃는다. 노동자로 살아서는 남들의 부러운 시선을 받는 부귀영화는 죽어도 누릴 수 없으며 그렇게 성실히 버는 만큼 딱 성실히 사는 데 그친다. 매일같이 지루하게 반복되는 일을 하고 찬란한 미래는 꿈도 꿀 수 없지만, 노동 속의 휴식이야말로 인생에서 가장 참된 행복과 기쁨 중 하나다.

신은 각자에게 다른 재능을 줌으로써 완전한 균형을 만들어낸다. 누구나 노동을 하기 싫어하지만, 누군가는 반드시 노동을 해야 한다. 나는 생계유지를 위해 별수 없이 그러한 상황에 처한다면 노동을 할 수밖에 없겠지만, 평생을 그렇게 살라고 한다면 차라리 죽어버리는 편이 낫겠다 하는 성격이다.

지금 시대에선 노동이 아니고서도 세상엔 다양한 방식과 방법으로 돈을 벌 수 있는 것들이 많다. 그리고 그런 다양한 것 중에선 돈 버는 것 말고도 다른 많은 것을 얻을 수 있지만, 노동은 오로지 돈 버는 것 말고는 아무것도 얻어지는 것이 없다. 노동을 즐기는 자라면 얘기가 다르겠지만 하기 싫은 노동을 생계유지를 위해 억지로 하는 사람은 하루를 벌고 하루를 버리는 것이다.

2부

여행에 대하여

누가 소크라테스에게 아무개가 여행을 다녀왔지만 조금도 나아진 것이 없더라고 말하자 "그는 자기를 짊어지고 갔다 온 것이지." 하며 소크라테스는 말했다.

– 작자 미상

여행의 목적은 사람들 저마다 다르지만 확실한 건 여행이 주는 경이로움이 예전과 같을 수 없다는 것이다. 왜냐면 지금 시대에는 인터넷으로 세상을 들여다볼 수 있기 때문이다. 여행이 주는 가장 큰 흥미는 전혀 상상하지 못한 새로운 것을 보는 것, 새로운 것을 듣는 것, 새로운 것을 경험하고 새로운 것을 느끼는 것이다. 소크라테스가 말했던 의미도 여행함에 있어선 본래 자신 안에 담아두고 있던 것을 모두 비워낸 상태에서 여행을 떠나야지 여행을 하는 동안에 많은 것들을 자신 안에 담아 둘 수 있기 때문일 것이다.

보병사절단이 나라의 임무를 짊어지고 배를 타고 미국으로 갔을 때 눈앞에 펼쳐진 도시의 모습과 새로운 인종들을 발견했을 때의 충격이야말로 여행이 주는 참된 즐거움이라 할 수 있다. 하지만 요즘 시대엔 인터넷으로 세상 모든 곳을 들여다보고 그저 웹상으로 봤던 것들을 실물로 확인하기 위하여 그곳을 찾아간다. 그런 것이 여행이 되는 시대가 되었다. 휴식을 위해 여행을 떠나는 사람도, 즐거움을 위해 여행을 떠나는 사람도, 저마다 여행을 떠나서 보고 느끼고 싶어 하는 것들이 다르겠지만, 무료한 도심 속 생활에 지친 사람들은 모두 여행을 떠나 삶에 활력을 되찾고자 한다. 음식이 몸에 영양소를 채워주는 것이라면 여행은 삶에 활력을 채워준다.

자유에 대하여

사람이 사는 동안에 무엇보다 원하고 갈망하는 두 가지는 '행복'과 '자유'다. 누구나 자유롭게 살기를 꿈꾼다. 우리는 언젠가 누릴 수 있을 자유를 꿈꾸며 현재를 희생하고 때로는 자유를 느끼기 위하여 현재를 즐긴다. 자유를 누리기 위해선 법을 위반하지 않고 타인이나 외부에 피해 입히지 않는 내에서 세상과의 타협을 필요로 한다.

드넓은 하늘을 자신 혼자만이 날 수 있다면 그는 어떠한 구애도 받지 않고 어디든 마음껏 날아다닐 수 있지만 자신 말고 또 한 사람이 하늘을 날 수 있게 되면 그와 부딪히지 않게 서로를 신경 쓰고 배려해야 한다. 여기서 억압이라 함은 자신이 좀 더 자유로워지고 싶어 하는 욕심 때문에 다른 사람을 날지 못하게 만드는 것이다. 그 방법의 하나는 자신만이 날 수 있는 영역을 만들어 버리는 것이다. 한 사람이 자신의 영역을 만들었을 때 다른 한 사람이 그것을 인정하지 않으면 그 영역은 누구의 것도 아닌 게 되지만 서로의 타협 하에 서로가 자신들 만의 영역을 인정하게 되면 세상 그 누구의 것도 아니었던 영역엔 주인이 생기게 된다. 그리고 그가 차지한 영역만큼 누군가는 그 공간을 잃게 되기 마련이다. 그리고 주인은 자신의 혈통에게 자신의 영역을 물려주기 마련이다. 그리하여 부는 부를 낳고 가난은 가난을 낳는 불평등한 관습이 계속해서 이어진다. 하지만 주인이라 하는 것도 반드시 필요하다. 그렇지 않으면 그 구역을 관리하는 사람이 없어 엉망진창이 돼버릴 것이기 때문이다. 그러니 주인은 자신의 영역 안에 규칙을 세우고 많은 사람이 그 안에서 도를 지나치지 않는 한 자유롭게 행동할 수 있도록 관리하는 게 사람으로서 행해야 할 도덕적인 행동이다. 그래야 서로가 각자의 위치에 상관없이 보다 더 평등한 자유로움을 느낄 수 있다.

우리는 서로의 배려 속에서 좀 더 자유로움을 느낄 수 있다. 하지만 이런 이상적인 말과는 달리 현실에선 아직도 많은 사람이 자신의 것으로 욕심을 부리며 가지지 못한 자들의 숨통을 조인다. 누군가에게 세상은 살만한 곳이고 누군가에게는 죽지 못해 사는 곳이다. 자신의 것이 많을수록 사람은 그만큼 자유로워진다. 가지지 못한 사람은 그만큼 자유롭지도 못하다. 많고 많은 세월이 지난 지금 세상은 작은 것 하나까지도 주인이 있기 마련이다. 자유로워지기 위해선 자신의 것을 많이 만들어야 한다. 돈이 많을수록 그만큼 자유로워지는 것은 사실이다. 돈이면 원하는 곳을 갈 수 있고 원하는 음식을 먹을 수 있고 원하는 삶을 살 수 있다. 돈과 자유는 비례한다. 이것은 부정할 수 없는 현실이다. 그래서 사람들은 많은 돈을 벌고 싶어 한다. 사람은 누구나 자유와 행복을 가장 우선순위로 갈망하고 돈은 거기에 직접적인 영향을 미친다. 돈을 밝히고 돈에 눈이 멀고 돈을 벌기 위해 수단과 방법을 가리지 않는 데는 다 그만한 이유가 있다. 돈이 없으면 삶의 여유가 없고 그만큼 자신의 삶이 없다.

하루에 대하여

다시 한 번 아침이다. 모든 것이 새로 시작된다. (지드) 하루가 시작되고 하루가 끝이 난다. 하루는 소중하다지만 소중하게 느낄 수 없을 만큼 짧다. 살다 보면 정말 소중한 하루도 있지만, 대부분의 하루하루는 그저 세월과 함께 지나갈 뿐이다. 태양은 달을 밀어내고 다시 또 달은 태양을 밀어내며 그렇게 하루의 끝과 시작은 무한한 반복을 거듭한다.

우리가 오늘 할 일을 다음으로 미루는 이유는 하루에 경계가 존재하기 때문이다. 하루를 살건 100년을 살건 우리는 시간의 경계를 나누지만, 사실은 단순히 잠을 자고 일어날 뿐이다. 그러니 하루하루를 소중히 여기는 마음보단 매 순간을 소중히 여겨야 한다는 마음을 가지는 것이 좋다. 많은 사람은 그 하루하루 때문에 자꾸만 다음다음으로 미루며 자신의 인생을 허비한다. 순간에 살라는 말은 옳다. 그렇지 않으면 계속해서 내일로, 다음으로 미루기 마련이다.

사람은 시간이란 무한한 것을 가지고 초, 분, 시간이며 하루, 한 달, 1년을 나누었지만 무한한 시간과 매 순간은 그러한 것들을 전부 집어삼킨다.

반드시 끝이 존재하는 죽음을 준비하며 삶을 살아가면서 흥미로운 것들이 가득한 이 세상은 날 뭐 하나에 완전히 집중할 수 없게 만들었다. 그럴 수만 있다면 삶의 목적 없이 죽지 못해 그저 살아가는 사람들의 시간을 빼앗아 내 것으로 만들고 싶었다. 그리하여 이것도 제대로 해보고 저것도 열정을 다해 해보고 싶었다. 나는 뭐 하나 놓치기가 아쉬워 하나에 온전한 마음을 쏟지 못하고 이것이든 저것이든 발만 담갔다 빼는 데 그쳤고 그럴수록 시간은 나를 약 올리기라도 하듯 더욱더 빠르게 지나가면서 아무것도 제대로 선택하지 못한 나를 놀리는 듯했다.

세상에서 유일하게 무한한 것이 시간이다. 시간 아래 모든 존재는 평등하게 작아진다. 오만하고 자만하며 잘났다고 설쳐대는 자들을 시간이 비웃는다. 어떤 삶을 살건 시간을 제대로 쓸 줄 아는 사람이 가장 잘 사는 사람이다. 우리는 시간이 아주 짧다는 사실을 알면서도 많은 시간을 버린다. 시간을 버린다는 것은 자신에게 어떤 영양도 얻지 못하는 상태로 시간을 흘려보냄을 말한다. 흐르는 시간 속에서 공부하거나 책을 보면 지성이 쌓일 것이고 수면을 취하면 신체기관의 휴식과 재생에 도움이 될 것이며 이성과 연애하거나 친구와 어울려 놀기라도 하면 즐거움이나 추억을 만들어 줄 것이다. 그런데 이렇게 자신에게 득이 되는 것이 아니게 하릴없이 그저 멍하니 생각에 잠겨있다거나 뭘 해야 할지를 모른 채 TV를 보고 핸드폰을 만지작거리는 행위는 시간을 버리는 행위에 가깝다.

이러한 행위들은 균형을 맞춰감으로써 시간을 의미 있게 활용할 수 있는데 공부를 한만큼의 적당한 운동, 잠을 잔만큼의 적당한 활동, 사람들과 어울렸던 만큼의 자신만의 시간을 가짐으로 인해 자신에게 알맞은 균형을 찾아 시간을 활용해 나가야 한다. 역시나 모든 것은 적당한 것이 제일 좋고 서로 조화를 맞춰가는 것이 가장 좋다.

순간에 대하여

순간에서 순간으로 이어지는 순간들의 연속이다. 순간이 순간에 지나며 순간에 살고 또 다른 순간이 기다리고 있다. 공장 안에서 제품들이 쏟아져 나오는 것처럼 시간 안에서 매 순간들이 수없이 지나간다. 순간을 붙잡을 수도 순간에 머무를 수도 없다. 누군가의 오랜 삶도 그가 죽고 나면 순간으로 기억되고 지구가 다른 행성과의 충돌로 폭파하게 되면 이 안에서 일어났던 모든 일 또한 한순간으로 남는다. 시간의 무한함 속에 모든 것은 순간으로 남게 된다. 순간에 살고 순간에 죽는다. 순간에 시작되고 순간에 끝이 난다.

세상에 영원한 것은 없다. 언제까지고 어린아이일 것만 같던 날들도 시간이 지나고 나니 어른이 되어 한편의 추억으로 남게 되고 끝나지 않을 것만 같던 군 생활도 어느덧 오랜 시간이 지나 그 향기를 기억할 수 없으며 끝을 알 수 없는 숨도 언젠간 멎고 말 것이다.

매 순간들이 다시는 돌아오지 않을 인생의 한 번뿐인 순간들이다. 밥을 먹든 연애를 하든 TV를 보든 눈을 뜨고도 생각 없이 있든 잠을 자든 시간은 흐르고 매 순간은 우리를 지나쳐버린다. 무한한 시간과 매 순간들 속에서 우리의 존재며 세상 온갖 창조물들은 작아진다. 힘들었던 시기도 고통스러운 나날들도 미래가 불투명해 두려움에 떨고 있는 현재도 모두 다 지나가 버릴 것들이다. 누가 잘났고 못났고 행복하고 불행하고 돈이 많고 적고 하는 그런 것들 모두 어김없이 지나가 버려 사라질 것들이다. 이렇게나 짧은 생을 살아가는 동안에 자신에게 집중하지 못하고 다른 사람이나 신경 쓰는 일은 안타까운 일이다.

누구는 잠을 자고 누구는 공부하고 누구는 밥을 먹고 누구는 사랑을 나누고 누구는 돈을 벌고 누구는 돈을 쓰고 누구는 죽고 누구는 탄생하고 각자 할 일들을 하고 자신의 생을 살아가는데 이렇게 객관적인 시선 안에서 무엇이 위대한 것이고 무엇이 하찮은 것인가. 순간마다 지나면서 우리는 죽음으로 한 걸음씩 다가가고 있으며 사람들은 그것을 느끼지 못해 순간의 소중함을 놓쳐버린다. 세상에 정말 많은 사람과 생명이 살아가고 있고 그보다 비교할 수 없을 만큼의 사람들이 죽었으며 앞으로 탄생할 것이다. 그런 면에서 같은 시대에 함께 숨을 쉬고 살아간다는 것만으로도 얼마나 큰 인연이냐 싶지만 당장 옆 사람 챙기기도 힘든 팔자다. 순간의 소중함을 알고 아무리 시간을 의미 있게 사용해 보려 해도 마음과는 달리 대부분 시간은 의미 없이 흘러간다.

수명에 대하여

제각기 다르지만, 어느 생물이건 명이 존재한다. 영생하는 생물은 지구상 어디에서 본 적도 들어본 적도 없다. 태어났다면 결국은 죽게 된다. 하루를 사는 하루살이도 있고 지구상 최강의 생명력을 자랑한다는 물곰이라고 불리는 완보동물도 있다.

인간은 요즘 풍부한 식량과 의학의 발달을 비롯한 여러 조건으로 인해 평균 100세 시대라고 일컫는다. 사람은 교통사고나 병에 걸리는 등 제 수명이 다하기 전에 평균 수명보다 더 일찍 생을 마감할 수도 있겠지만 그런 사고들을 예견하며 생을 살아가지는 않는다. 우리는 오직 생에 대한 인식이 어느 정도 자리 잡기 시작하기로부터 평균 100세 사이의 시간을 놓고 자신의 인생을 무엇으로 채울지 계획한다. 누군가는 시간을 쪼개고 쪼개서 체계적으로 계획하는 사람이 있는 반면에 뚜렷한 계획 없이 시간이 흘러가는 데로 사는 사람도 있다. 이러나저러나 누구나 죽음은 준비한다.

인간세계에서는 태어나는 순간부터 생을 마감하는 순간까지 그 안에서 수많은 차별이 존재하지만 그래도 인생이 공평하다고 하는 이유는 생은 너무나 짧다는 것이며 누구나 죽음을 피해갈 수 없다는 것이다. 더 이상 미래가 뚜렷하게 보이지도 않고 절실하게 이루고자 하는 꿈도 없으며 삶에 목적 없이 한낱 희망도 보이지 않은 채 그저 생계유지나 하며 죽지 못해 사는 사람들이 왜 스스로 목숨을 끊지 않을까 하고 생각해 본 적이 있는데 스스로 목숨을 끊는다는 건 그동안 가져보지 못했던 용기와 결단력을 가져야 하고 더는 생에 조금의 미련도 남아있지 않아야 하며 불행이 다른 사람들보다 더 극심하다고 느껴질 때 행할 수 있는 행동이지만 또 다른 이유 중 하나가 바로 수명에 있다고 본다.

사람들이 삶이 죽을 듯이 힘들다 느껴지고 죽지 못해 살아도 스스로 목숨을 끊지 않는 이유는 얼마나 삶이 고통스럽든 시간은 너무나 빠르게 지나가며 굳이 스스로 목숨을 끊으려 하지 않아도 몇십 년 후면 죽을 것을 무의식적으로 알고 있기 때문이다. 사람 누구나가 사고를 예견할 수는 없지만, 자신이 언젠가 죽게 되리라는 것쯤은 알고 있다. 만약 인간의 수명이 100년이 아닌 1,000년이라고 한다면 남은 몇백 년을 버틸 자신이 없어 더 이상 죽지 못해 사는 인생 따위 미련도 없이 죽어버릴 것이다.

나이에 대하여

많고 많은 편견 중에서 나이에 대한 편견은 말할 것도 없다. 그도 그럴만한 것이 소수를 제외한 대부분 사람을 보면 그만한 나이가 될 때 그만한 사고방식을 가지고 그만한 인식의 한계를 벗어나지 못하고 그만한 말과 행동을 하고 그만한 위치에 서 있고 그 나이에 어울릴 법한 여러 조건을 내보이기 때문이다. 하지만 이런 편견을 깨는 이들도 있고 이런 편견 때문에 억울해하는 이들도 있다.

살아온 세월을 가지고 나이를 나누고 그것으로 연령대를 만들고 어른이니 아이니 하는 것을 나누며 집단을 형성시키지만, 각자는 모두 살아온 환경이 다르다. 20년 동안 학문에 힘을 쏟은 사람과 40년 동안 도박에 빠져 사는 사람 중 누가 윗사람이고 아랫사람이며 어른이고 아이인가. 그런 면에서 자신보다 나이가 많다고 해서 조건 없이 예를 갖추며 공경할 필요 따위는 없는 것이다. 흔히 말하는 나잇값을 못한다고 하는 사람에게는 그에 어울리는 대우를 해줘야 그 사람에게 자신이 헛살아온 세월을 인지시켜주지 않겠는가. 그것이 어느 직업이나 위치를 얘기하는 것이 아니라 인격적인 것을 놓고 볼 때 말이다.

사람은 저마다 따로 살고 붙잡을 수 없는 시간은 각자에게 한 살 한 살 나이를 먹인다. 우리는 어떤 질병이나 사고 없이도 나이를 많이 먹게 되면 배불러 죽게 돼 있다. 나이란 어떤 사람에게는 숫자에 불과한 것이지만 숫자만 따라갔으면 하는 사람도 있다.

어떤 이들은 20대에 죽어버리지만,
장례식은 80이 넘어서 치른다.

– 작자 미상

어떤 이들은 철들면 사는 게 너무 재미없어질까 봐서 나이 먹어서도 철없이 행동하는 사람들이 있다. 그것을 비판하려는 것은 아니라 정말 그럴 수만 있다면, 나이가 먹어도 매일 어린아이처럼 사는 사람들은 인생을 즐길 줄 아는 사람들이고 행복하게 살 줄 아는 사람들이다. 아무렴 어른일 때보다 아이일 때가 인생은 더 즐겁다. 하지만 군 생활을 되돌아보면 이등병은 이등병 나름, 일병은 일병 나름, 상병은 상병 나름, 병장은 병장 나름의 즐거움이 있었듯이 더 이상 어린아이처럼 맘대로 장난치고 놀 수는 없어도 그 나이 때에 느낄 수 있는 즐거움이 있다.

나이는 그 숫자가 지닌 의미로 우리에게 어느 때를 알려주며 인생을 낭비하지 말라는 경고의 메시지를 보낸다.

과거에 대하여

과거를 되돌아보는 일은 사회적인 측면에서는 침체지만 스스로에게서는 발전이다. 그리고 그 스스로 발전이 사회적인 발전에 기여 한다.

우리는 스스로가 앞으로 할 수 있다고 믿는 것을 기준으로 자신을 평가하지만 다른 사람들은 우리가 지금껏 살아온 인생을 기준으로 우리를 평가한다.

– 작자 미상

흘러가는 시간을 붙잡을 수 없듯이 당연히 지나버린 과거를 돌이킬 수도 없다. 그렇다면 지나버린 과거에 대해 어떤 태도를 지니는 게 좋을 것인지에 대하여 생각해 보면, 좋았던 것은 기억 속에 남겨두고 나빴던 기억은 빨리 지워버리는 게 좋을 것이다.

우리가 지금 이렇게 존재하는 이유는 과거가 있었기 때문이다. 그리고 그 과거엔 좋고 나쁜 일들이 참으로 많이 있었다. 또 그게 좋았든 나빴든 간에 그 경험 하나하나가 모두 영양소가 되어 지금의 자신에게로 영향을 미친다. 과거는 정말 과거일 뿐이기도 하지만 그것이 자기 자신이 아니었던 것은 아니다. 과거에 오랫동안 벗어나지 못하는 사람이 있는 반면에 과거와 비교했을 때 알아보기 힘들 정도로 변하는 사람도 있다. 아무렴 한결같은 사람이 있고 성질이 자주 변해서 오랜 시간을 함께 했어도 알기 힘든 사람도 있다. 자신을 만드는 것, 자기 자신을 형성해 가는 것은 오직 과거뿐이다. 과거에 얼마나 열심히 살았고, 얼마나 정직하게 살았고, 하루를, 한 달을, 일 년을 어떻게 보냈고 하는 게 지금의 자기 자신을 만든다. 미래의 자신에게 부끄럽지 않을 과거를 만들기 위해 부단히 노력해야 한다.

인생사 인과응보 하루하루를 헛되이 보냄은 그만큼 미래에 영향을 미친다. 헛된 하루는 반드시 미래에 후회를 불러온다. 하루하루를 어떻게 보내는가에 따라 우리의 인생이 결정된다는 애니 딜러드의 말처럼 우리는 앞으로 과거가 될 현재에 충실함으로써 차곡차곡 시간을 성실하게 써나가야 할 것이다. 앞으로 자신의 미래를 개척하기 위해서 가장 먼저 해야 할 일은 자신의 과거를 뒤돌아보는 것이다. 과거 속에서 앞으로 자신이 나아갈 방향을 찾을 수 있다.

누구나 자서전을 쓸 수 있다. 하지만 사람들이 자서전을 쓰지 않는 이유는 쓸 만한 삶을 살아보지 않았기 때문이다. 미래는 과거가 될 수 있지만, 과거는 미래가 될 수 없다. 과거가 미래를 집어 삼킨다. 우리는 많은 과거를 지나왔지만, 앞으로 다가올 미래도 시간이 지날수록 과거 속으로 빨려 들어간다. 그러니 우리는 언젠간 사라질 미래를 바라보며 산다기보다는 앞으로 기억될 좋은 과거를 만들기 위해 산다는 마음을 갖는 것이 좀 더 자신에게 책임감을 부여하는 데 도움이 될 것이다.

살아가는 순간 중에서 모든 현재는 과거로 전해지고 일어난 모든 일은 역사로 남지만 그중 중요한 사건들만이 오랫동안 기록된다. 현재 일어나고 있는 많고 많은 일과 사건들도 훗날엔 한 시대 역사의 한 페이지로 기록된다. 아주 오래된 역사는 많은 추측을 낳고 역사학자들은 갖가지 증거를 논하며 흩어진 조각들을 맞춰간다. 거기엔 잘못 맞춰진 퍼즐도 있어서 논리 불충분으로 의심을 품은 역사학자들이 또다시 역사를 바로잡는다. 아직도 왜곡된 역사는 남아있으며 우리가 모를 뿐 거짓을 진실이라고 믿는 것 또한 있을 것이다.

역사를 잊은 민족에게 미래는 없다고 말한 처칠의 말은 곧 과거의 자신을 되돌아보지 않고서는 미래의 자신도 없다는 말과 같다. 자신의 현재를 만들고 앞으로의 자신을 이어갈 수 있게 하는 것 또한 과거가 있었기 때문이며 한 국가도 역사가 없이는 그 국가의 문화며 사건들을 잃어 국가의 정체성을 상실하게 된다. 그렇기에 역사는 반드시 기록되고 보존되어야 하는 것이다.

우리가 역사학자가 아니고서야 자기 인생을 살아가는데 바빠 많은 역사를 알진 못하게 되더라도 역사가 존재해야 하는 그 의미 자체에 대한 중요성은 인지하고 있어야 한다. 역사를 왜 배워야 하는지에 대한 많은 사람의 의문에 대해 간단하게 답하자면 현재 자신이 있기까지는 과거가 있었기 때문이며 더 나아가 민족의 역사가 현재의 자신에게까지 이어져 왔기 때문이라고 말할 수 있다.

과거와 역사가 없었다면 우리의 존재 자체도 없게 되는 것이다. 사람은 누구나 자기중심적인 성향을 가지고 있어 자신을 가장 소중한 존재로 생각하지만, 객관적인 시선에서 볼 때 수많았던 역사 앞에 우리 개인의 존재는 한없이 작은 것이다. 우리가 배우는 모든 가르침은 미래가 아닌 역사 속에 숨어 있다. 우리는 그런 과거의 배움을 토대로 미래를 개척해 나가는 것이다. 역사가 없다면 우리는 무엇도 배울 수가 없다. 현존하는 모든 문제에 대한 해답은 역사라는 거대한 가방 안에서 나온다. 역사는 반드시 기록되고 보존되어야 하는 것이다.

과거는 이미 지나가 버린 것이고 미래는 아직 오지 않은 것이니 우리는 오직 현재에 산다. 현재는 매 순간 미래로 한 걸음 다가가고 과거로부터 한 걸음씩 멀어진다. 누군가 말하기를 우리가 살아있는 순간은 오직 현재뿐이라며 과거에 얽매이지 말고 미래에 정신을 쏟지 말며 오직 순간에 살고 현재에 살라고 말한다. 그런데 과거의 경험과 미래에 대한 계획이 없다면 어떻게 참된 현재를 살 수 있을까? 과거와 미래는 우리가 현재를 잘 살게 하는 데 좋은 영양소를 제공한다.

지금 이 순간에, 현재에 충실하되 현재를 현재에 가둬서는 안 된다. 현재를 과거와 미래와 분리해서는 안 된다. 과거와 현재와 미래가 분리되는 것은 오직 이 단어일 뿐이며 시간의 지속성에는 경계가 없다. 과거가 있었기에, 앞으로 다가올 미래가 있기에 지금의 현재가 있는 것이다. 충분히 과거를 되뇌어도 된다. 충분히 미래를 상상하며 정신을 맡겨도 된다. 그리고 그만큼 현재에 충실하면 된다. 밥을 먹어도 시간은 흐르고 TV를 봐도 시간은 흐르고 공부를 해도 시간은 흐른다. 그렇게 순간순간 현재는 계속해서 흘러간다.

우리는 어느 것에 정신을 집중시킬 때보다 그렇지 않은 순간들이 훨씬 많다. 정신을 어느 곳에 완전히 집중시키는 일은 굉장한 피로를 가져다주기 때문에 매 현재의 순간에 충실할 수 없다. 그러니 평소에는 정신이 활발한 활동을 할 수 있도록 자유롭게 놓아 주며 그만한 필요성이 있을 때 정신을 집중시켜 그 순간에 충실할 수 있어야 한다. 마치 사이클 선수들이 힘을 비축해 두었다가 피니시 구간에 들어설 때 남아있는 온 힘을 쏟아내 스프린트를 하는 것같이 말이다.

우리는 매 순간 달릴 수 없고 매 순간 주목을 받을 수도 없다. 한 번쯤 힘차게 달렸다면 한 번은 쉬어가야 한다. 행복해지고 싶다면 현재를 즐기라 한다. 뜻이 한정된 단어와 문장으로 정의를 내림은 많은 혼돈을 불러오며 질문을 내던지게 한다. 현재에 충실함이란 사람들이 말하는 것처럼 일할 땐 일에 집중하고 놀 땐 자신을 버리면서까지 신나게 놀고 쉴 땐 아무 생각 없이 쉬는 것이다.

어쩌면 아주 먼 미래엔 우리가 인간이었다는 사실 또한 하나의 과거에 지나지 않을 날이 올지도 모른다. 그만큼 인간의 발전과 시간의 지속성은 무한한 것이다. 우리의 삶을 흥미롭게 만드는 이유 중 하나가 앞으로 다가올 날들에 대해서 알 수가 없기 때문이다. 우리는 다가올 날들에 대하여 예측할 뿐 확신은 할 수 없다.

앞으로 미래에 어떠한 일들이 일어날지는 알 수 없지만, 하루하루는 지겹고 따분하기만 하다. 앞으로 일어날 미래에 대하여 확신할 수는 없지만 적어도 스스로 삶을 변화시킬 수 있는 선택의 여지는 가지고 있다. 자신의 선택에 따라서 미래는 달라진다. 정해진 운명 같은 것은 없다. 자신이 어떤 삶을 선택하느냐에 따라서 그 삶은 달라질 수 있다. 한 번뿐인 인생이고 너무나 짧은 시간이지만 그것이 한 사람에게로 느껴지는 영향은 꽤 크다. 태어났기에 하는 수 없이 살아가고 시간을 붙잡을 수 없어 많은 과거를 뒤로하고 있으니 우리에게 남아있는 것이라곤 앞으로 다가올 미래뿐이다.

그러면 우리는 남아있는 미래를 어떻게 채울지에 대하여 생각해보지 않을 수 없다. 어떤 사람으로 살아갈 것인가? 어떤 직업을 가질 것인가? 어떻게 하루하루를 보낼 것인가? 우리는 스스로 생각하고 선택한 것으로 미래를 살아가야 한다. 많은 사람은 자신의 미래를 계획하며 살아가지만, 그 계획이 주변 영향에 의해 흐트러지는 경우가 많다. 자기 뜻대로, 계획대로 살아가는 사람도 있지만, 그 또한 완전하지는 않다. 아무렴 우리는 미래에 대한 생각을 꾸준히 해야지 그렇지 않다간 사는 게 많이 힘들어질 수 있다.

명언 중에선 미래에 대한 명언이 많다. 왜냐면 우리는 과거에 잠겨 사는 것이 아니라 다가올 미래를 향해 살고 있기 때문이다. 꿈이라는 단어, 희망이라는 단어, 미래가 없다면 없었을 말들이다. 사람들은 왜 이토록 힘들기만 하는 삶에 미련을 버리지 못하고 여전히 살아가는가 하면 앞으로 다가올 미래에 어떤 일이 일어날지 알 수 없기 때문이다. 거기엔 보이지 않는 희망이 있다. 미래에는 아직 우리가 보지 못한 많은 것들이 숨겨져 있다. 우리는 살아보지 않았음에도 과거에 대한 사건들은 알 수 있지만, 미래에 일어날 사건에 대해선 알 수가 없다. 혹시나 내가 죽고 난 후에 아주 신비하고 재미난 일들이 일어나지 않을까? 하는 무의식에 내포돼있는 허황된 기대 때문에 우리는 하루라도 더 살아보려 하는 것이다.

나는 시대와 별 접촉이 없다. 그래서 동시대 사람들의 유희가 내겐 별로 재미있지 않았다.
나는 현재의 저 너머에 관심이 있다. 나는 더 멀리 간다.
나는 오늘날 우리에게 사활이 걸린 것처럼 보이는 것이 거의 이해가 되지 않게 될 어떤 시대가 오게 된다고 예감한다.

– 지드

혼잡한 시대 내에서는 그만큼 진리의 옳고 그름을 판단하기가 힘들다. 시대가 인간에게 미치는 영향은 막대하다. 위인들의 지적인 관념이나 사상도 결국은 그 시대에 영향을 받지 않을 수 없다.

현대인들은 아주 빠르게 많은 것들을 이뤄낸다. 그것은 과거에 살았던 사람에 비해 인생을 2배 또는 그보다 더 많은 삶을 사는 것과도 같다. 산업화의 발전은 곧 시대의 변화를 가져왔고 몇몇은 일자리를 잃게 되었지만 불필요한 노동력을 기계가 대체함으로써 사람은 그만큼 더 많은 시간을 벌게 되었다. 그러한 현상은 삶의 여유를 가져다준다. 우리는 끊임없이 새로운 것을 원하고 변화를 원한다. 그러한 갈망은 세대의 차이를 만들고 시대의 변화를 만들어 낸다. 의학이며 기술이며 경제며 발전하면서 시대는 계속해서 변해왔고 앞으로도 변해갈 것이다. 발명가며 정치가며 창조적인 사람들은 보다 더 나은 새로운 미래를 구상한다.

우리는 현재 가장 현대적인 삶을 살고 있지만, 이 또한 지나버리면 과거의 한 시대로 남게 될 것이다. 몇몇 사람들은 많은 사람이 상상조차 하지 못했던 것을 상상해내고 또 그것을 실현해 냄으로써 혁명을 불러일으킨다. 이렇듯 세상은 단 몇몇에 의해서 그 시대가 변화한다. 나머지 사람들은 그 시대를 따라갈 뿐이다. 우리는 스스로 속한 한 시대 속에서 살아가기에 그 시대가 한 사람의 삶에 미치는 영향이 얼마나 큰지는 더 말할 것도 없다. 우리가 사는 세상은 결국 한 시대 안이고 그것이 우리가 바라볼 수 있는 전부다. 우리는 과거 시대에 살아보지 못했으며 앞으로 다가올 미래 시대에 또한 살지 못한다.

사람은 모두 자신이 갇힌 시대 안에 산다. 저마다가 자신이 처한 상황에 따라 맞춰가며 생활을 해 나가지만 시대에 좋고 나쁨은 있다. 좋은 시대와 나쁜 시대는 있고 주로 시간이 흐를수록 좋은 시대라는 평가를 받는다. 하지만 언제 또 악의 시대가 올지는 모를 일이다.

경험에 대하여

감각으로 느껴보지 못한 일체의 지식이 내겐 무용할 뿐이다.

– 지드

경험은 언제나 그랬듯 자신을 한 단계 더 성장시켜 인생의 다음 단계로 인도할 것이다. 사람은 어디까지나 바보 같고 어리석은 존재이기에 예기치 못한 상황이 주어졌을 때 초인적인 감각이 발휘되지 않는 이상 임기응변을 발휘하지 못하고 쉽게 당황하며 판단력이 흐려지게 된다. 그런 바보 같은 사람은 오로지 경험을 통해서 다시 그 상황이 주어졌을 때 새롭게 대처할 수 있는 능력이 생기게 된다.

우리는 시간이 흘러감에 따라 자연스레 하나라도 더 보게 되고 하나라도 더 듣게 되고 작은 움직임이라도 더 하게 된다. 사람의 인생은 제아무리 계획적이라 해도 한 치 앞을 볼 수 없고 자꾸만 새로운 일들이 생겨난다. 새로운 사람을 만나고 새로운 대화를 하고 새로운 장소에서 새로운 일을 하며 새로운 것들을 경험하게 돼 있다.

인생에서 경험만큼 중요한 것이 또 없다. 우리는 사는 동안에 최대한으로 힘이 닿는 데까지 많이 보고 많이 듣고 많이 느끼며 많이 경험하는 것이 좋다. 이성적으로 판단하는 것은 이상적이지만 경험으로서 얻어지는 것은 사실적이다. 이성은 불가능한 것들도 가능하다고 믿지만, 경험은 오직 가능한 것들만을 이야기한다. 아무렴 같은 일에 대해 백 번 보고 듣고 하는 것보다 한 번 해보는 것이 낫다.

경험의 소중함을 모르는 사람들은 경험하고도 그것이 자신에게 영향을 미치지 못해 같은 일이나 상황이 반복됐을 때 또다시 무지해지고 만다. 그러니 경험이 무조건적으로 그 자신에게 영향을 미치는 것은 아니다. 경험한 것을 인지하고 그 소중함을 깨달아야 자신에게로 흡수되어 영향을 미친다.

시대가 발전한 만큼 우리는 보다 더 많은 것들을 경험할 수 있게 된다. 몇몇 이들은 언제나 새로운 경험을 애타게 갈망하고, 몇몇 이들은 새로운 경험을 두려워하여 어느 선에서 머물러버려 자신의 한계를 정착시킨다.

아무렴 인생은 짧지만 하나라도 더 보고 더 듣고 더 느끼고 한 사람이라도 더 만나는 게 좋다. 경험이 사람을 만든다. 지금껏 살아오며 경험한 것들을 기준으로 자신이 나아가야 할 방향과 금기해야 할 것들에 대한 선택의 여부를 보다 더 현명하게 판단할 수 있게 된다.

후회에 대하여

절대 후회하지 마라. 좋은 일이라면 그것은 멋진 것이다.
나쁜 일이라면 그것은 경험이 된다.

– 빅토리아 홀트

과거 저질렀던 모든 부끄럽고 창피한 악덕의 행위는 도덕의 영양소가 되어 자신을 괜찮은 사람으로 만든다.

자신의 잘못을 모르면 후회하지도 않는다. 후회는 후회함으로써 그 자신을 한 단계 더 성장시킬 수 있는 재료가 될 수 있다. 후회는 두 가지로 나뉜다. 하나는 지나간 일에 대해 후회함으로써 다음번에 비슷한 일이나 같은 일이 반복됐을 때 같은 후회를 반복하지 않겠다는 마음가짐을 갖게 되는 경우이고, 나머지 하나는 지나간 일에 대하여 후회함으로써 그 후회에 묶여 오랜 시간 동안 그 상태를 벗어나지 못하게 되는 경우이다.

전자의 경우엔 그 후회가 좋은 경험이 되어 자신의 다음 인생을 더욱 매끄럽고 순탄하게 만들어 준다. '내일은 오늘과 같은 하루를 보내지 않을 거야' '이제부턴 욕을 하지 않을 거야' '다시는 그와 같은 사람은 만나지 않을 거야' 하는 등의 마음가짐은 지나간 일에 대한 후회를 가슴 깊이 새기고 자신이 느낀 후회에 대하여 다시는 같은 언행을 반복하지 않게 도와준다. 후자는 전자와는 다르게 지나간 일에 대한 후회를 개선하려는 노력은 하지 않고 '그때 내가 왜 그랬을까' '그러지 말았어야 했는데' 하는 식으로 후회한 일을 쉽게 내려놓지 못하고 오랜 시간 동안 자신의 마음속에서 끌고 간다. 그런 후회는 빨리 내려놓지 못하면 계속해서 자기 자신을 괴롭히기만 할 뿐 자신의 인생에 아무런 도움이 되지 않는다.

후회를 하는 가장 보편적인 이유는 범죄가 되는 악덕을 저질러서도 아니고 창피해서도 아니며 다시 그와 같은 상황이 주어졌을 때 더 나은 행동을 할 수 있어서도 아니다. 그것은 우리의 행동이 우리 스스로 생각하고 판단해서만 이루어지는 것이 아닌 선택하지 않은 어떤 외부적인 힘이 함께 작용하기 때문이다. 머리로는 그렇게 하면 안 되는 것을 아는데 말과 행동으로는 행하기 때문에 후회를 한다.

우리가 후회하는 일들을 돌이켜 생각해보자. 그 상황과 그 상황에 따라 자신이 행동했던 것이 과연 완전하게 자신만이 선택하고 판단했는지에 대하여 생각해보면 그렇지 않다는 결론이 나온다. 만약 그러한 결론이 나오지 않는다면 우리는 후회라는 것을 결코 하지 않는다.

후회를 만드는 큰 요소들 가운데 하나 중 '화'라고 하는 것이 있다. 사람이 어떤 언짢은 일을 당했을 때 자신의 마음을 다스리지 못하고 본래 성질이 이끄는 대로 화를 내게 되면 본성이 이성을 억눌러 올바른 판단을 할 수 있는 이성이 제 역할을 하지 못하고 화가 이끄는 대로 말과 행동이 나와 버린다. 그리고 그렇게 나와 버린 말과 행동은 백이면 백 후회를 동반한다. 그래서 완전히 후회 없는 삶을 살기란 어려워도 스스로 화를 다스릴 줄 아는 사람들은 인생에 많은 후회를 남기지 않는다. 후회는 언행을 저지른 직후 그 순간 지워버려야 한다. 후회를 계속 끌고 가봐야 자신의 마음이 정화되는 것이 아니며 자신에게 득이 될 것이 하나도 없이 해만 끼칠 뿐이다. 그러니 후회라는 감정에 '이미 지나버린 일인데 뭐 어쩌겠어?' '하나의 경험이었다고 생각하자' '다시는 그와 같은 실수를 반복하지 말자'고 생각하며 그렇게 지워버려야 한다. 돌이킬 수 없는 잘못이 아니라면 말이다.

실수에 대하여

인간은 불완전한 존재다. 위대하다고 하는 사람도 실수를 저지를 때가 있고 잘못된 과거를 남기기 마련이다. 언제나 옳은 선택과 판단만을 할 수 없고 언제나 옳은 말과 행동을 할 수 없다. 그것은 죽어서까지 영원하다. 우리는 죽어서까지 실수를 하니 실수에 너무 낙담할 필요는 없다. 실수는 어차피 지나버린 일이 된 것이니 거기에 너무 마음을 쏟을 필요는 없다. 그렇다고 실수함을 너무 가볍게 여기라는 뜻은 아니다.

우리는 실수를 함으로써 그 실수의 정도에 대한 깊이 있는 후회와 반성을 하고 같은 실수를 하지 않도록 가슴속에 새겨야 한다. 실수를 지나치되 지워버려서는 안 된다. 실수가 실수인지 모르고, 실수를 알고도 그것을 지워버리면 또다시 같은 실수를 반복하기 마련이다. 어떤 일에서도 실수가 반복되면 그것이 실수가 아닌 게 돼 버린다.

사람은 어떤 상황에 직면하게 됐을 때 시야가 좁아지고 판단력이 흐려지게 된다. 그러므로 항상 말과 행동에 조심성을 지녀야 한다. 경험이 중요하다고 하는 이유는 어떤 상황에 대한 결과로 인해 실패와 실수를 거듭하게 되고, 그렇게 반복된 실수로 깨달음으로써 자신을 보다 한 단계 더 성장하는 사람으로 만들 수 있기 때문이다. 어떤 상황에 직면하게 되면 자신의 본래 성량보다 더 멍청해지고 어리석어지고 이성적 판단이 흐려져 결국은 후회를 남길 말과 행동을 내뱉게 만든다.

그리고 다시 한 번 객관적인 입장에서 그 상황을 들여다보게 됐을 때 자신의 언행에 대한 부족함과 어리석음을 발견하게 되는 것이다. 그러니 어떤 상황이 닥쳤을 때 그럴 시간적 여유가 주어진다면 충분히 객관적인 시선으로 자신의 상황을 들여다보며 생각할 시간을 가져야 한다. 사람은 저마다 살아오며 크고 작고 많고 적은 실수들을 남기며 살아왔고 앞으로도 저지를 것이다. 아무렴 인생은 오직 한 번밖에 살지 못하니 별수 없다. 또 살아가며 어떤 실수를 남기게 될지는 모르지만, 최대한 실수를 저지르지 않도록 많은 경우의 수와 보다 이성적인 판단을 하도록 생각에 생각을 거듭해야 할 것이다.

경우에 대하여

세상엔 온갖 경우들이 존재한다. 우리의 삶도 그중 하나에 지나지 않는다. 이렇게 사는 사람이 있고 저렇게 사는 사람이 있다. 아무리 힘들어도 보다 더 힘들었던 사람이 있고 아무리 외로워도 보다 더 외로웠던 사람은 반드시 있다.

세상에 수많은 사람 중의 한 사람에 지나지 않으며 수많은 삶 중에 한 삶에 지나지 않는다. 이런 일, 저런 일, 결국 많고 많은 사람들 속의 이야기 중에서 하나의 경우에 지나지 않는다. 모두가 같은 사람이 아니니 당연히 모두가 같은 삶을 살 수 없다. 자신은 오직 자신만의 삶을 산다. 자신과 똑같은 삶은 사는 사람은 어디에도 없다. 자신은 세상 일부에 지나지 않음으로써 하나의 존재에 그만한 하나의 삶을 만들어 낼 뿐이다. 특별한 사람은 특별한 사람 나름, 부족한 사람은 부족한 사람 나름, 잘난 사람은 잘난 사람 나름, 못난 사람은 못난 사람 나름대로 여러 가지 경우에 하나의 살점을 보탠다.

우리는 어떤 사건에 직면하게 됐을 때 최대한으로 많은 경우의 수를 생각해 내고 하나를 선택하게 됐을 때 그 뒤에 따라올 경우의 수 또한 생각해 낸다. 지난 사람들의 사건과 경험들은 하나의 경우를 제공함으로써 생겨난 여러 가지의 경우로 우리가 어떤 상황에 직면하게 됐을 때보다 현명하고 옳은 판단을 할 수 있게 도와준다.

변화에 대하여

이 세상에 바뀌지 않는 것은 바뀐다는 것뿐이다.

– 조나단 스위프트

현대인들은 이미 너무나 놀랍고 기적적인 것들을 많이 접해 와서 더 이상 웬만한 것에는 경의를 표하지도 놀라지도 않는다. 세상은 끊임없이 변하고 그 변화는 우리를 기다려 주지 않는다. 그렇기에 우리는 그 변화에 발맞춰 따라가야 한다. 동물이며 식물이며 세상 모든 살아 움직이는 것들은 변한다.

참으로 인간이란 헛되고 가지각색이며 변하기 쉬운 것이다.

– 몽테뉴

인간의 형태는 완전한 것같이 더 이상 변하지 않을 것 같지만 우리가 인지하지 못하는 사이 아주 조금씩 변해가고 있는지도 모를 일이다.

영원할 것 같은 모든 것도 결국은 변한다. 무한한 시간 속에서 일어나는 모든 움직임은 변한다. 온갖 변하는 것들 중에서 사람 마음같이 쉽게 변하는 것은 없다. 지금까지 변하지 않았던 것이 무엇이 있고 앞으로 변하지 않을 것이 무엇이 있겠는가. 모든 건 변한다. 그래서 변화는 받아들이는 것이다. 변화는 너무나 자연적인 현상이니 두려워할 것이 없다. 그것이 변화를 무조건 좇아가라는 말은 아니다. 오래되면 다 변한다. 음식도 변하고 사람도 변하고 나무도 변하고 시대도 변하고 우리를 옥죄는 법도 변하고 세상도 변한다. 세상에 영원한 것이 없다는 것이 명백한 진리인 것처럼 변하지 않는 것이 없다는 것 또한 같다. 우리는 얼마나 자주 변하는가. 어른들이 하는 말처럼 화장실에 들어갈 때와 나올 때조차도 달라진다. 몇몇은 반복되는 일상이 지루해서 자꾸만 변화하려는 것인데 몇몇 이들은 변화가 두려워 머무르려 한다. 변화하지 않음은 곧 그 상태에 머물러 생명력을 잃어버리는 것과도 같다.

변화가 없이 어떻게 새로운 기쁨을 맛볼 것이며 새로운 사람들을 만날 것이며 새로운 경험들을 하며 새로운 세상을 보게 될 것인가. 변화는 죽어가는 삶에 또 다른 생명력을 불어넣어 주는 가뭄 속 단비와도 같은 것이다. 나는 그런 새 생명을 맛보기 위하여 끊임없이 현재의 머물러 있는 나를 벗어나려 한다.

두려움에 대하여

우리는 많은 것들을 두려워한다. 실패를 두려워하고 변화를 두려워하고 죽음을 두려워한다. 두려움은 우리의 존재를 작아지게 만든다. 별것 아닌 것에도 거기에 두려움이 덧씌워져 버리면 그 대상이 한없이 커 보이기 마련이다. 두려움을 이겨낼 수 있는 방법은 그것에 맞서 싸우는 것밖에는 없다. 그것이 두렵다고 피하게 되면 겁쟁이며 패배자며 낙오자라는 오점만 남기게 될 뿐이다.

우리가 두려워하는 대상이 정말 이길 수 없는 상대라 할지라도 싸워보지 않고는 알 수 없는 것이며 그렇기에 싸우지도 않고 도망치는 것보단 지더라도 싸우는 편이 낫다. 지더라도 끝까지 용기로 맞서 싸운 자는 지더라도 진 게 아니다. 두려움은 언제나 우리의 발목을 붙잡아 무언가를 도전함에 있어 망설이게 하고 부딪힘에 있어 피하게 한다. 많은 사람은 두려움을 핑계로 자신의 한계를 만들어 버린다.

우리는 살아가며 많은 걱정과 두려움 앞에 마주하게 된다. 피하느냐 맞서 싸우느냐 선택은 단 두 가지뿐이다. 그리고 그 선택의 결과는 많은 차이를 만들어 낸다. 이렇게 말은 하지만 사실 현실에서 우리는 피하는 법도 배워야 한다. 왜냐면 절대 이길 수 없는 싸움도 있기 때문이다. 누가 봐도 결과가 뻔히 보이는 이길 수 없는 싸움에 부딪히는 사람은 용기 있는 사람이거나 아니면 미련한 사람 둘 중 하나로 평가받는다. 생각이 많으면 그만큼 두려움도 커지기 마련이다. 그래서 두려움을 없애는 방법의 하나는 그냥 부딪혀 보는 것이다.

우리는 참 두려워할 것도 많다. 어려서는 부모님이 두렵고 학교 다닐 때는 싸움 잘하는 친구가 두렵고 학교 졸업하니 군대 가는 게 두렵고 군대 전역하니 사회생활하는 게 두렵고 나이 먹어가는 게 두렵고 결혼이나 할 수 있을까 두렵고 남은 날이 두렵고 그냥 사는 게 두렵다. 사는 게 뭐 별거냐 생각하며 살고 싶지만, 현실은 그렇게 호락호락하지만은 않다. 세상엔 정말 소수만이 선택받기라도 한 듯 많은 사람에게 세상은 두려운 곳이다. 아무렴 두려움에 떨며 피하기만 하다 훗날 느낄 수치심에 비하면 조금의 희망이라도 보일 때 부딪혀 봐야 한다.

우리는 개미나 파리같이 작은 생명체의 죽음에 조금도 마음의 가여움을 느끼지 못한다. 신이 보기에 개미나 우리의 목숨이 다를 것이 없다. 우리의 죽음이 크게 느껴지는 건 오직 자기 자신과 자기 주변 사람들에 의해서뿐이다.

인간이 죽음에 대해서 받아들이는 것은 생명의 크기와도 관련이 있다. 개미가 죽었을 때 쥐가 죽었을 때 개가 죽었을 때 소가 죽었을 때 코끼리가 죽었을 때, 생명체의 몸집이 클수록 죽음에 대해 받아들이는 태도는 크게 다가온다. 우리의 존재며 생명은 우리가 아무 생각 없이 밟아 죽이는 개미와 다를 것이 없다. 죽음이란 너무도 가벼운 것이니 그 사실에 태연한 마음을 가져야 한다. 죽음은 슬픈 것이 아니다. 그런데 우리는 너무나 슬퍼한다. 그것은 우리가 대상이나 현상 그대로를 볼 수 없게 만드는 감정 때문에 그렇다. 감정이 우리의 심령을 지배한다.

우리는 죽음을 너무 두려워한다. 행복한 사람에게나 죽지 못해 사는 사람에게나 죽는다는 건 두렵다. 우리가 이토록 죽음을 두려워하는 이유는 죽기 전에 느껴지는 경험 해보지 못한 알 수 없는 고통에 대한 두려움과 세상에서 완전히 잊힌다는 것에 대한 두려움, 그리고 자신의 생에 뭔가가 더 남아 있을 것 같은 허망한 미련 때문이다. 우리가 어떤 생을 살아왔고 어떤 생을 살아가고 있으며 앞으로 어떤 생을 살아가건 간에 한번 살아보았음에 그러려니 대하는 것이 죽음에 마주하는 하나의 태도며 자세다.

가진 것이 많고 행복에 겨워하는 사람일수록 죽음과 대면하기가 더욱 두려워진다. 잃을 것이 많다는 것은 살아가는 동안에는 행복한 일이지만 인생의 마지막 순간에는 더없이 가여운 일이다. 우리가 스스로 죽음을 알 수 있다면 죽기 몇 달 전부터 물질적이며 심적으로 모든 것을 비워내는 연습을 해야 한다. 모든 것을 비워 내는 것이 죽음의 마지막 순간에 자신이 가장 편안한 마음의 상태로 머물게 하는 방법이다. 나 역시 여느 사람처럼 무엇으로 채워질지 모르는 미래에 대해 허황된 꿈을 가지며 살아가지만 죽는 순간에는 지금처럼 아무것도 잃을 것이 없었으면 하는 바람이다.

철학에 입문하게 되는 기초는 사는 게 힘들다고 느껴지기 시작할 때부터다. 철학은 삶에 대하여 연구하는 학문이고 우리는 삶에 즐거움을 느낄 때 '왜 이렇게 사는 게 즐거울까?'하고 스스로에게 질문하지 않는다. 사는 게 힘들다고 느껴지기 시작하면서부터 '사는 게 뭐 이렇게 힘들까?'하는 질문을 시작으로 인생에 대하여 생각해 보게 된다.

'사는 게 왜 이렇게 힘들까?' '사는 게 뭘까?' '원래 인생은 외롭고 고통스러운 건가?' '인생이 뭐지?'하는 식의 질문들로 삶에 대하여 생각해 보게 되고 그 안에서 어떻게 하면 행복을 찾을 수 있을지에 대해서 고민하게 되고 생각하게 된다. 누구나 살아가는데 힘든 시기는 찾아오지만 삶의 행복을 느끼는 순간에는 인생에 대하여 생각해보지 않고 순간순간 하루하루를 즐기기에 여념이 없다.

철학은 물질적 풍요에는 조금도 기여하지 않는다. 기술의 발전이 물질적 풍요에 기여하는 것이라면 철학은 마음을 채워주는 풍요에 기여한다. 주변에 물질적인 것이 아무리 풍요롭다 하더라도 마음이 채워지지 않으면 그 물질은 무용지물이 된다.

그런데 어떤 이들은 철학을 가지고 쓸데없는 학문이라고

말한다. 그런 이들은 물질적인 여유로 풍요를 누려 삶이 크게 불행하지 않거나 그저 생각이 없는 자들인데 그렇게 자신의 삶을 불행하지 않게 만드는 사회가 철학자들에 의하여 이루어졌다는 사실을 미련하게도 모른다. 철학은 경제 발전에는 조금도 기여하지 않지만, 우리가 왜 사는지에 대하여 질문을 내던지는 삶의 본질 그 자체에는 큰 영향을 미치는 것이다.

철학자가 통치하지 않는 사회의 집단은
불행으로 가득할 것이다.

– 작자 미상

몇몇 철학자는 모든 이의 행복을 충족시키기 위해 정작 자신의 행복을 놓치는 위대한 희생자다. 철학은 다른 학문과는 조금 다르게 정답이라고 하는 게 존재하지 않는다. 수학은 문제에 대한 명백한 답이 있고 역사는 명백한 사건이 있으며 과학은 명백한 논리가 뒷받침되지만 철학은 그 학문의 폭이 매우 넓고, 다른 사람을 통해 배우기도 하지만 인생을 살아가며 어떤 문제에 직면하게 됐을 때 그 해답을 찾아가는 과정에서 스스로 깨닫게 되는 경우도 많다.

누군가의 철학적인 견해가 다른 사람에게도 똑같이 일치하리라는 법은 없다. 왜냐면 철학은 인생에 대한 것인데 우리는 모두 각자의 인생이 다 다르기 때문이다. 누군가는 사는 게 가치 있는 일이라고 말하지만, 또 다른 누군가는 삶은 헛되다고 말한다. 이처럼 누구의 말에서도 정답을 찾을 수는 없다. 철학은 누군가에게 가르침을 줄 때 주입해서도 강요해서도 안 된다. 다만 또 하나의 사유를 제공해줄 뿐이다. 철학은 어디까지나 본인의 견해일 뿐이다.

인생에 대해서, 삶에 대해서 누가 정답을 말할 수 있는가?

인생을 살아가는 과정에 올바른 길이 있을지는 모르지만, 그것이 정답이라고 할 수는 없다. 어쩌면 인생은 생각해봐도 되지 않을 만큼이나 너무 단순한 문제일 수도 있고 세상 어떤 문제보다도 복잡 미묘한 일일 수도 있다. 하지만 자신은 스스로 인생에 대해서 적어도 한 번쯤은 진지하게 생각해 볼 필요가 있다. 왜냐면 그리함으로써 자기 삶의 가치와 의미를 존중할 수 있게 되기 때문이다. 철학자들처럼 인생에 대해서 너무 깊게 생각해보지 않더라도 적어도 자신 인생에 대해서 한 번은 경건한 자세와 심오한 마음가짐으로 자신과 자신 주변에 있는 많은 것들에 대하여 생각해 볼 필요가 있다. 자기 삶의 주인은 자신이며 자신만큼 자신의 삶에 대하여 잘 아는 사람은 없다.

삶이 그대를 속일지라도 / 슬퍼하거나 노하지 말라! / 우울한 날들을 견디면 / 믿으라, 기쁨의 날이 오리니 / 마음은 미래에 사는 것 / 현재는 슬픈 것 / 모든 것은 순간적인 것, 지나가는 것이니 / 그리고 지나가는 것은 훗날 소중하게 되리니

– 푸시킨

사람은 본인이 의도와 상관없이 태어나 살아가다 어쩔 수 없이 세상과 섞이고 부딪히게 돼 있다. 그 과정에 인생이라고 하는 것이 있다. 사는 게 뭘까 하는 질문은 가장 멍청해 보이면서도 가장 의미 있는 질문이다. 우리는 태어나 이러나저러나 살아가게 돼 있고 이러나저러나 죽게 돼 있다. 잘 살든 못 살든 사는 건 다 똑같으며 각자는 오직 자신만의 인생을 살아간다. 인생이라는 단어는 세상 모든 일을 스스로가 짊어져야 하는 것처럼 언제나 무겁게 느껴지지만 알면 알수록 우리는 작고 작은 한 생명체에 지나지 않으니 우리의 인생 또한 그리 별 볼 일 없는 것이다.

대통령이든 대기업 회장이든 누구 하나 죽었다고 해서 세상이 혼돈에 빠질 일은 없으며 우리는 그저 각자 자신만의 행복을 찾아 살아갈 뿐이다. 세상 그 무엇과도 대조될 수 없는 예술이 바로 인생이다. 사람이 살아가는 모습 그 자체만큼 예술적인 것은 어디에도 없다. 그리고 그것을 얼마만큼 잘 표현해 낼 줄 아느냐에 따라서 예술의 가치가 판단된다. 인생은 예술이다. 그렇기에 세상 모든 사람은 예술적 가치를 지닌다. 누구든 자신의 인생을 선명하게 표현할 수만 있다면 예술가가 될 수 있다. 많은 사람이 인생을 살다 갔으며 우리는 살아왔고 앞으로도 살아갈 것이며 아직 세상에 빛을 보지 못한 사람들도 자신의 의도와는 상관없이 세상에 태어나 인생을 살아갈 것이다. 인생은 천국이며 지옥이고 살아볼 만하다가도 절망이 찾아오기도 하며 웃다가 울다가 그저 그러다가를 수없이 반복한다. 인생에 정답은 없으며 살아가는 그 자체로 자신의 인생은 채워진다. 무엇이 얼마나 더 가치 있는 삶이고 예술적인 삶이냐 하는 것은 얼마나 자기 자신의 인생에 대해서 잘 알며 표현할 수 있느냐에 따라서 평가된다.

실패된 삶에 적응해 버리면 그것이 실패인지를 몰라 성공의 필요성을 느끼지 못하게 된다. 세상에는 많은 성공한 사람들이 있다. 그들의 성공 비결을 궁금해하여 질문을 내던지면 그들은 한 길만 가라, 절대 포기하지 마라, 자신이 하고 싶은 일을 하라 하는 등등 구체적인 설명은 하지 않고 동기부여가 될 만한 단순 명료한 말들을 늘어놓는다. 하지만 성공의 조건은 그렇게 단순하지가 않다. 죽어라 열심히만 한다고 해서 성공하는 것도 아니며 한길만 간다고 해서 성공하는 것도 아니고 자신이 하고 싶은 일을 한다고 해서 성공하는 것도 아니다.

한 사람을 성공으로 이끄는 데는 어떤 계기로부터 시작해 주변 환경, 주변 사람들의 도움, 자신의 재능이며 의지와 노력과 행운이 뒷받침되는 등 많은 요소가 갖춰져야만 한다. 하지만 성공한 사람들은 그런 여러 조건 속에서도 자신을 성공으로 이끌었다고 느껴지는 가장 큰 요소만을 이야기한다. 그들의 말을 새겨들을 필요는 있지만, 곧이곧대로 받아들일 필요는 없다. 그 많고 많은 말 중에서 유독 자신에게 와 닿게 느껴지는 말들이 있을 것이고 그것을 가슴에 새겨야 한다.

너무 당연한 말이지만 성공하기 위해선 먼저 꿈과 목표가 있어야 한다. 그리고 그 기준은 자신이 정하는 것이다. 누구는 마당이 넓은 집에 사는 것이, 누구는 선생님이 되는 것이, 누구는 신형 자동차를 사는 것이, 한 달 안에 10kg을 감량하는 것이 목표인 등등 이렇게 꿈의 목표와 크기의 방면은 사람마다 제각각이다.

바라는 것이 적고 욕심을 비워 낼수록 성공할 확률은 그만큼 더 높아진다. 하지만 대부분 사람은 남들보다 뒤처지지 않고 살아가기 위해 자신의 목표를 저 멀리, 또는 저 높이에 두고 그것에 도달하기 위해 피땀 흘리며 열심히 살아간다. 누군가는 그곳에 도달하고 누군가는 코앞에서 주저앉으며 누군가는 쉽게 포기해 버린다. 누군가는 성공에 대한 목적 없이 살아가기도 한다. 사람은 누구나 성공을 원하고 갈망한다. 성공은 멋진 것이며 자신을 보다 더 나은 세계로 인도하는 것이다. 성공은 한 번뿐인 인생에서 삶의 질을 드높인다.

성공을 꿈꾸는 데는 보다 구체적인 그림이 그려져야 그것에 더 가까이 다가갈 수 있다. 누군가는 단순히 넓은 마당이 있는 집을 꿈꾸는 데 그친다면 누군가는 같은 꿈을 꾸지만 어느 공간을 어떻게 사용할 것이며 텃밭을 어디에 만들 것이며 등 보다 구체적인 그림을 그린다. 누구는 그저 국회의원이 되는 것이 목표라면 누구는 국민이 부당한 일을 당하지 않고 보다 살기 좋은 나라를 만드는 것이 목표다. 성공하기 위해 어떤 꿈을 꾸고 목표를 설정할 것이냐는 인생에서 아주 중요한 문제이니 스스로를 깊이 들여다보며 많은 생각을 해야 한다.

혼자 무인도에 갇혀 사는 사람이 아니라면 누구나 타인의 시선을 신경 쓰며 살아갈 수밖에 없다. 타인의 시선을 지나치게 신경 쓰느냐 아니면 타인이 자신을 뭐라고 생각하든 나 하고 싶은 것을 하느냐에 대한 정도의 차이는 사람마다 다르지만, 타인의 시선을 조금도 신경 쓰지 않으며 살아가는 사람은 없다.

타인의 시선을 신경 쓰지 않는 경우가 있다면 술에 취할 때나 더 이상 잃을 것이 없다고 느껴지거나 자신감이 넘칠 때다. 그럴 때는 타인의 시선 따윈 중요하게 생각하지 않고 자신이 하고 싶은 대로 하게 된다. 타인의 시선을 신경 쓰지 않고 배려 없이 자기 마음대로 행동하는 사람을 좋아하는 사람은 없다. 그래서 사람 간에 존중과 배려라고 하는 것이 생겨나는 것이다. 아무리 능력이 뛰어난 사람이라고 하더라도 자기 멋대로인 사람과 일하려는 사람은 없다.

타인의 시선은 자신을 들여다보는 거울이다. 타인이 주는 따스한 시선과 차가운 시선들을 통해 자신의 행동이 옳았는지 그렇지 않았는지를 판단할 수 있게 된다. 시선은 개인 인식의 한계와 그 지역의 문화 환경에 의해서도 많이 다르다. 그래서 낯선 사람을 만날 때나 다른 지역을 갔을 때 행동이 더 조심스러워지게 된다. 왜냐면 그런 경우에서도 남의 시선을 개의치 않고 행동했다가 큰 변을 본 사례들이 적잖이 있었기 때문이다. 이 사람 앞에서는 이러한 행동이 아무렇지 않게 받아들여지는데 저 사람 앞에서는 도저히 용납되지 않고 이 나라에서는 너무나 당연한 행동이 저 나라에서는 상식적으로 벗어난 행동이 될 수가 있다. 사람은 타인과 어울려야만 하는 사회적인 구조 안에 있으니 타인의 시선을 느끼는 것에 대하여 갇혀 있다는 생각보다는 당연하게 받아들여야 한다.

무시에 대하여

우리가 성공을 갈망하고 자신의 가치를 증명하려 하는 이유는 사람들이 함께 어울려 공존하는 이 사회에서 무시당하지 않고 살아가기 위해서다. 다른 사람에게 무시를 당하는 건 몹시 불쾌하고 기분 나쁜 일이며 자존감을 떨어트리고 더 나아가 살아야 할 이유조차 잃게 만든다.

타인을 무시하는 이유는 상대방에게서 자신보다 부족하거나 무지한 면을 발견하게 되기 때문이며, 그것은 우리가 사람을 판단할 때처럼 그 사람 자체보다 그 주변의 것들을 보는 경향이 많다. 어느 사람이 진정 가치 있는 사람인들 우리는 그 사람의 진정한 가치를 쉽게 발견하지 못한다. 그렇기에 그 주변의 것들인 그 사람이 가진 부와 직업적인 것, 주변 사람들과 그가 하는 언행 등에 기반을 두고 그 사람이 자신보다 돈이 없다거나 별것 아니게 여겨지는 직업에 종사하고 있다거나 주변 사람들이 많이 없다거나 말과 행동에서 부족한 부분들이 드러났을 때 그 사람을 자신보다 낮은 존재로 인지하게 되고 깔보게 된다.

사람이 사람에게서 무엇보다도 바라는 건 관심과 존중이며 반대로 무엇보다도 받기 싫은 건 무관심과 무시다. 그래서 우리는 이 무관심과 무시를 벗어나기 위해서 자신의 가치관을 형성하고 존재감을 드러내려 고민하고 생각하고 실행해내며 남들에게 자신을 알리려 한다. 누군가를 무시하는 건 그 사람을 바라보는 자신의 시선에서 전해지는 것이며 그것은 자신 인식의 폭과도 밀접한 관련이 있다.

아는 만큼 보인다고 이를테면 어릴 적에 산은 너무도 높아 보여 도저히 오르지 못할 것처럼 거대해 보였지만 지금 보면 그저 하나의 언덕에 지나지 않으며, 아버지나 어른들은 하나 같이 믿고 의지할 수 있을 만큼 듬직해 보였지만 그중 아주 많은 사람들은 하릴없이 영혼 없이 목적 없이 살아가는 그저 이유 없이 세월 따라 나이를 먹은 것뿐이었고, 여자는 존재 자체로 하나같이 성스러워 보여 쉽게 다가갈 수 없었지만, 그 환상을 깨버린 여자들이 너무도 많았다. 그리하여 높게 보고 존중하고 성스럽게 보였던 것들이 하나씩 알아감에 있어 그 존재들이 조금씩 작게 느껴지게 되고 이윽고 무시하게 되는 지경까지 이른다.

우리는 어떤 것에 대하여 뚜렷한 지식이 없는 상태에서 그 대상에 대한 환상을 그리게 된다. 그것은 자신이 바라는 이상적인 그림이며 현실에 마주하였을 때 그 이상은 대부분이 사라지게 된다. 그리하여 거기서 느낀 배신감 같은 것으로 그 대상을 무시하게 되는 경우가 생겨난다. 다른 사람에게 무시당하지 않고자 하는 본능은 그 자신을 자연적으로 한 단계 더 성장시킨다. 그렇기에 사람은 끊임없이 발전하려 한다.

그런데 모든 걸 포기하고 남들에게 더 이상 무시를 받든 말든 저 아래의 세계에서 무시에 적응된 채로 그 감각이 사라져 더 이상 발전이 없는 사람도 있다. 그런 이들은 영혼을 잃어버리고 삶의 목적 또한 잃어버린다. 그들은 죽지 못해 살아간다. 아무리 돈이 많은 사람이라 하더라도 인격이 더럽혀진 자라 한다면 그는 사람들에게 인격적으로 무시를 당하게 되고 아무리 참된 사람이라고 하더라도 그가 최저임금이나 벌며 생계를 유지하는 데 있어 입에 겨우 풀칠이나 하는 정도라면 그는 능력적으로 무시를 당하게 된다. 그래서 우리는 무시당하지 않기 위하여 아주 많은 것들을 충족시켜야 하는 의무를 지녔다. 우리는 살아가며 무시당하지 않기 위해 기본적으로 충족해야 할 사항들이 너무나 많다. 우리는 그것들을 인지하지 못한 채 자연의 순리처럼 받아들인다.

비교에 대하여

우리는 태어나면서부터 비교되고 자라나면서도 비교되고 살아가면서도 비교되고 죽는 그 순간까지 비교된다. 타인과 공존하는 이 삶 속에서 우리는 자신과 다른 사람과 비교하고 대조하며 삶에 목적을 찾아간다. 세상 모든 존재는 그 서로가 다르며 그 다름은 비교를 불러올 수밖에 없다. 인생은 B와 D 사이의 C고 그 선택은 비교에 의해서 이루어진다.

우리는 언제나 같은 것이 아닌 서로 다른 것을 찾는다. 서로 다른 갖가지를 놓고 무엇이 더 좋고 나쁜지 무엇이 더 자신에게 득이 되고 실이 되는지를 비교한다. 이 사람 저 사람, 이것과 저것, 어제와 오늘이며 저마다 크고 작은 것들을 비교한다.

우리가 사람과 사람을 볼 때 그 다름을 보지 않고 그 차이를 봄은 어느 한쪽의 자존감은 높여주며 다른 한쪽의 자존감은 깎아내린다. 그러한 비교는 경쟁구도를 형성하고 시기와 질투며 온갖 악질적인 것들을 탄생시킨다.

인간의 개인적 욕심은 평등을 원하지 않고 조금이라도 더 자기 자신이 남보다 나은 것이 있기를 바란다. 우리가 서로 다름을 비교하지 않고 서로의 차이를 비교하는 건 그러한 욕심 때문이다. 인류가 쉬지 않고 발전하는 모습은 얼마나 서로가 서로를 비교하고 차이를 두려 하는지에 대한 모습을 그대로 나타낸다. 서로의 차이를 비교하지 않고 서로의 다름을 존중할 줄 알았더라면 세상은 이렇게나 발전하지 않았을 것이다.

우리는 태어나는 그 순간부터 서로가 서로를 비교하는 전장 속에 뛰어든다. 그 안에서 사람들은 저마다의 욕심과 야망을 가지고 서로 앞서거니 뒤서거니 하며 대적관계를 형성한다. 모든 것은 비교되어야만 하는 구조 속에 갇혀 있다. 그리고 그 구조 속에서 사람들은 이왕이면 더 좋은 평가를 받기 바란다. 그러한 마음은 자연적으로 경쟁력을 키운다. 세상은 경쟁의 현장이다. 그리고 그 시작은 비교에 있다.

인생은 B와 D 사이에 C다.

– 사르트르

시간이 달아나 버리는 것이 나는 너무나도 안타까웠다. 선택을 해야만 한다는 것이 나에게는 언제나 견딜 수 없는 일이었다. 선택이 내게는 고르는 것이라기보다는 고르지 않는 걸 버리는 것으로만 보였다.

– 지드

인생은 B와 D 사이에 C라는 사르트르의 말은 선택이라는 단어에 대한 가장 명쾌한 해답이다.

우리는 탄생과 죽음 사이에 많은 선택을 하며 인생을 살아간다. 하루 동안에도 우리는 알게 모르게 많은 선택을 한다. 삶은 매 순간이 선택의 연속이다. 선택의 폭은 매우 커서 습관마저 집어삼킨다. 습관적인 행동들도 결국엔 우리가 선택하기에 이루어지는 행위다. 꿈도 목표도 모두 우리가 선택하기에 생겨나는 것들이다.

선택은 오늘 점심은 무엇을 먹지에 대한 비교적 가벼운 것에서부터 한 기업이 상장할지 폭락할지에 대한 큰 선택이 있기도 하다. 어떤 선택은 우리를 행복하게 하고 어떤 선택은 우리를 불행하게 한다. 어떤 건 선택을 함으로써 자신의 인생을 180° 뒤집어 놓기도 하는데 그것이 새로운 세계로 인도하는 것일 수도 있고 영영 돌이킬 수 없는 것일 수도 있다. 그만큼 순간의 선택이 사람의 인생을 좌우하기도 한다. 선택하는 것에 따라서 제자리에 머무르기도 하고 저 멀리 도망가기도 한다. 하나라도 더 배우고자 하는 마음도, 그냥 그러려니 사는 마음도, 게으른 습관도 보면 모두 자신이 선택한 것이다.

선택이 미치지 않는 곳은 어디에도 없다. 어떤 사람이 될 것인지 어떻게 살아갈 것인지 도전할 것인지 포기할 것인지 모든 것의 끝엔 선택이 기다리고 있다. 어떤 사람으로 살아갈 것인가. 어떤 삶을 살아갈 것인가. 어떤 하루를 보낼 것인가. 우리는 무수한 문제 앞에 질문을 내던지고 선택을 한다. 자기 자신보다 자신을 더 잘 아는 사람은 없다. 그래서 자신의 삶의 목적을 타인에게 양도해서는 안 된다. 자기 삶을 사는 건 자기 자신이니 자신이 앞으로 무엇을 할지에 대하여 자신이 선택해야 한다. 주변 환경과 주변 사람의 영향이 아무리 크다 하더라도 결국 마지막 선택은 본인 스스로 하는 것이다.

3부

사람에 대하여

세상에 정말 너무나도 많고 제각각인 저마다의 사람들, 저마다의 탄생을 하고 저마다의 생을 살아가며 저마다의 죽음을 맞이하는 사람들. 우리는 태어나는 순간부터 인류의 역사에 함께하며 시대의 한 구성원이 된다. 무한한 대우주도 아름다운 대자연도 사람이 살아가는 모습과 그 안에서 일어나는 온갖 것들만큼 예술적인 것은 없다. 마치 세상 모든 우주 만물이 인간을 중심으로 돌아가는 것만 같다. 우리는 작디작은 한 형태에 불과하지만, 그 존재는 세상 저 너머에까지 이른다. 세상에 수많은 행성 중에서 지구만큼 아름다운 게 어디 없고, 그 안에서 움직이는 인간의 모습만큼 생동감 넘치는 게 없다.

이 세상에 인간의 흔적과 상상이 미치지 않는 곳이 없다. 그것들은 인간이 발견하기 전까지 이름도 없으며 존재도 없다. 그것들은 인간의 손길을 기다리고 있다. 사람이 사는 동안에 행하는 움직임, 느끼는 감정들, 세상에 없는 것을 창조해 내는 생각과 사상들, 경이로움 그 자체다. 한 행성의 존재보다도 한 사람의 존재가 더 크다. 존재의 크기는 형태의 크기와는 무관하다.

세상에 사람만큼 값진 생명체가 없다. 사람은 때론 우주에 쓰레기를 떠돌게 하고 자연을 더럽혀 환경오염을 일으키지만, 그 모든 것도 결국엔 자연으로부터 나온 것들이다. 모든 것이 자연적이다. 세상 모든 물질에 존재를 부여하는 것은 오직 인간이다. 대자연의 무한한 순환, 그 안에서 일어나는 온갖 탄생과 죽음. 온갖 살아 움직이는 것 중에서 사람처럼 깊이 생각하고 느끼는 건 어디에도 없다. 때로는 너무 깊이 고통스러워하고 외로움을 느끼기에 사람이 아닌 다른 동물이나 생명체로 태어났으면 할 때가 있다.

하지만 사람으로 태어나서 우리가 경험하고 느끼는 것들은 세상 그 무엇과도 비교할 수 없이 아름답고 찬란한 것들이다. 고통이며 외로움이며 슬픔이며 우리가 느끼는 온갖 불행한 것들도 저마다 우리의 삶에 보탬이 된다. 우리는 사랑을 한다. 많은 사람을 만나고 많은 경험을 한다. 우리가 사람으로 살아감은 세상으로, 옆에 누군가에게로, 자기 자신에게로 커다란 존재이고 의미인 것이다.

모두 어린아이로 태어나고 자라나지만 그렇다고 모두 어른이 되는 것은 아니다. 지나가는 세월이 결코 그 사람을 어른으로 만들어 주는 것은 아니다. 흘러가는 세월 속에서 배움과 경험을 통해 하나씩 알아가고 깨닫게 되는 것들이 자신을 보다 성숙하게 만들어 주지만, 어른이 되는 과정에 있어 잘못된 길로 접어들어 더 이상 성장하지 못한 채 그곳에 머물러 버리는 이들 또한 허다하다.

어른은 선생이나 스승처럼 아이들에게 좋은 본보기가 되고 옳고 그름을 가르칠 수 있는 사람이어야 한다. 그렇지 못하다면 그는 어른이 아닌 그저 나이만 먹은 사람에 불과하다. 나이가 60이 넘어서도 나이를 허투루 먹은 것처럼 보이는 사람들이 있는 반면에 갓 10살이 넘은 어린아이가 어른보다 더 성숙하게 행동하는 경우도 있다. 대개 나이와 성숙함은 비례하지만 그렇지 않은 사람들 또한 많다.

우리는 인식이 형성되지 않은 아이를 보고 경계하지 않는다. 그들은 맑고 투명한 빈 그릇처럼 아직 자신 안에 담아둔 것이 없기에 서슴없이 그들에게로 다가갈 수 있는 것이다. 혹여 우리가 그들에게 다가가지 못하게 된다면 그것은 자신의 더럽혀짐이 아이에게 묻지 않을까 하고 걱정하기 때문이다. 이처럼 아이에게 경계하지 않고 쉽게 다가갈 수 있는 것과는 달리 어른들을 대하는 경우는 다르다. 어른들은 모진 세월을 겪어가며 자신의 그릇 안에 온갖 물질들을 담아낸다. 그들 중에선 아직 때 묻지 않은 투명한 물이 담긴 그릇도 있고 온갖 오염물이 뒤섞여 그 깊은 속을 들여다볼 수 없는 그릇도 있다. 자신의 그릇 안에 들어오는 물질이 오염된 것인지를 아는 자는 빨리 그 물질을 비워 내어 깨끗한 물을 담아내려 하지만 그렇지 않은 자는 자신 안에 들어오는 물질이 오염된 것인지도 모른 채 그대로 담아두어 자신의 그릇에 녹이 찌들게 한다. 그렇게 녹이 찌들어 버린 그릇은 아무리 설거지를 해도 지워지지 않아 더 이상 쓸 수가 없게 된다. 우리는 그런 어른들을 보고 경계한다.

오염되어 더럽혀진 탓에 수면 아래로는 볼 수가 없어 그가 속으로 무슨 생각과 마음을 품고 있는지를 알 수 없기에 투명한 어린아이들을 대할 때처럼 쉽게 다가설 수 없다. 어린아이들은 하나같이 맑고 순수하지만, 어른들은 제각기 다양한 성질들을 지니고 있기에 그 위험함을 경계해야 한다. 어른은 아이들의 좋은 본보기가 되어 공경받을 수 있는 가치를 지닌 사람이어야 한다.

오염된 강물을 받아들이면서도
스스로를 더럽히지 않으려면 바다가 되어야 한다.

– 니체

인간관계에 있어 첫인상은 매우 중요하지만, 오랫동안 잊히지 않는 것은 마지막 모습이다. 생을 살아가는 동안에 수많은 사람과 마주치게 되고 부딪히게 되고 섞이게 된다. 자신과 주변 사람들의 관계는 그 자신의 인생을 살아가는 데 있어 가장 중요한 문제 중 하나라는 사실을 거부하지 않을 수 없다.

만남은 원하는 대로만 이루어지는 것이 아니며 오히려 그와 반대로 예기치 못한 상황에서 이루어지는 경우가 많다. 우리는 그것을 우연 또는 운명 아니면 필연이라고도 부른다. 이와 같은 만남 속에서 자신과 주변 각 개개인 간의 관계에 수많은 잣대를 긋게 된다. 누군가와는 평생을 함께할 관계를 이어갔으면 하고 누군가와는 당장에라도 인연을 끊고 싶어 하기도 한다. 또 평생을 함께하고 싶어 했던 사람과 당장에라도 인연을 끊어버리고 싶어 하는 경우도 있고 인연을 끊었던 사람과 다시 만남을 이어가는 경우도 있다.

사람과 사람이 계속해서 좋은 관계를 유지하기 위해선 성격이 비슷해야 하고 서로를 이해해야 하고 서로가 서로를 존중할 수 있는 가치를 지녀야 하고 어릴 적부터 함께 자라온 깊은 유대감이 형성돼야 하고 공통 관심사가 많아야 하며 생각하는 것이 비슷해야 하고 서로에게 어떤 의미가 되어야 하고 서로를 믿고 의지할 수 있어야 하고 자랑할 수 있을 만한 사람이어야 한다. 몽테뉴의 말처럼 인간이란 헛되고 가지각색이며 변하기 쉬운 것이기에 관계가 영원하기 또한 쉬운 일만은 아니다.

인간관계란 사람이 사회생활을 하는 데 있어 가장 중요한 문제 중 하나로 자리매김해 있다. 어느 사회의 한 구성원이 되었을 때 그 안에서 적응하지 못하고 사람들과 어울리지 못하게 되면 결국 그 자신은 자신을 바꾸지 않는 한 그 사회를 벗어나야 하는 선택밖에는 할 수 없게 된다. 사람이 생을 살아가며 스치기만 하는 것이 아닌 어느 관계가 형성되어 만나게 되는 사람의 수를 생각해보면 (생각의 차이겠지만 따지고 보면) 그리 많은 사람을 만나지는 않는다. 한데 여기서도 자신과 마음이 맞는 사람을 찾는 것은 큰 축복이라도 되는 것처럼 몇 없고 그렇게 추리고 추려서 주변에 남아 있을 사람을 생각해보면 정말 손에 꼽을 정도다. 나이가 들어서까지 곁에 남아 있을 친구는 결국 한두 사람밖에 되지 않을 것이라고 어른들은 마치 하나의 공식처럼 말한다. 사람마다 다르겠지만 정말 우리가 누군가에게 진정한 관심과 애정을 쏟을 수 있는 힘은 그 한두 사람에 지나지 않는다는 소리일 것이다.

인간관계는 선택하는 과정에서 참으로 복잡 미묘하다. 육체는 하나라서 만날 수 있는 사람 또한 선택에 의하여 이루어진다. 결국, 이쪽 아니면 저쪽으로 가야 한다. 모두를 안 만날 수는 있지만 모두를 만날 수는 없다. 어떤 사람을 만나 어울릴 것이냐, 어느 선에서 관계를 유지할 것이냐, 인간관계는 생각하는 그 순간부터 이미 어긋나있다. 우리는 누군가와 진실로 좋은 관계를 유지하고 있을 때 그와 자신의 관계에 대해서 생각 자체를 하지 않는다.

첫인상에 대하여

첫인상은 다른 사람으로부터 자신의 모습이 처음 비쳐 각인되는 상태를 말한다. 대개 첫인상 하면 사람의 외모를 말하는 경우가 많지만 그렇지 않은 경우도 있다. 이를테면 위인들은 자신의 얼굴이 알려지기 전에 자신의 이름이 다른 사람들에게 먼저 알려진다. 우리는 얼굴을 비롯한 외모를 보기도 전에 세종대왕이나 이순신 장군의 이름을 들으며 자랐고 그들이 대단한 사람이었다는 것이 우리에게 각인된 그들의 첫인상이다. 심지어 우리는 그들의 얼굴을 궁금해하지도 않는다. 그들은 남기고 간 이름 그 자체만으로 우리에게 좋은 첫 인상으로 영원히 기억된다.

소설가는 얼굴이 아닌 자신이 꾸며낸 이야기 속 인물들의 내면을 통해 자신의 모습을 표현하고 작가는 자신의 사상을 드러내 자신을 표현한다. 우리는 그들의 얼굴을 알지 못하지만 그들의 이야기에 빠지게 되고 사상에 공감하며 그들을 좋은 첫인상으로 받아들인다. 작곡가는 음악으로 자신의 첫인상을 알리고 화가는 그림으로, 건축가는 건축물로, 사업가는 돈으로 등등 각자의 능력으로 첫인상을 알린다. 그런 이들에게 외모는 그다지 중요하지가 않다. 외모가 중요한 사람은 보이는 이미지가 중요한 연예인 비슷한 직업과 특출한 능력을 지니고 있지 않은 사람들에 한한다. 물론 지니고 있는 능력이 특출나면서 외모까지 수려하다면 더할 나위 없이 남들의 부러움을 한몸에 받으며 살겠지만, 외모가 아닌 다른 것을 보여 줄 수 있는 자들에게 외모는 그다지 중요하지가 않다. 스스로 남에게 아무것도 내세우며 보여 줄 것이 없다면 남들이 그 자신을 보고 판단하는 것은 오직 외모뿐인데 그 외모마저 수려하지 않으니 그가 다른 사람들로부터 관심과 사랑을 받지 못하는 것이다.

그러니 자신은 자신 스스로 본인의 매력을 찾고 능력을 키우며 새로 마주칠 사람들에게 보여줄 수 있는 '자신만의' 첫인상을 만들어야 할 것이다. 자신의 능력을 발견해야 한다.

자신의 부족한 외모는 자신의 다른 능력을 찾을 수 있게 하는 크나큰 원동력이 되기에 충분하다. 다른 사람에게 좋은 첫인상으로 각인될 수 있는 멋진 모습을 형성해야 한다. 그래야 스치는 사람과도 인연이 될 수 있고 첫눈에 반할 수도 있다. 자신에게 가장 자신 있는 모습을 만들고 그 모습을 남에게 각인시켜야 한다. 그렇게 새겨진 각인은 다른 좋지 않은 모습들로도 쉽게 지워지지 않는다.

만남에 대하여

어제 나는 저기 있었고, 오늘 나는 여기 있다. 맙소사! 이 모든 사람이 대체 나와 무슨 상관인가. 어제 나는 저기 있었고 오늘 나는 여기 있다고…… 말하고, 말하고, 또 말하는 이 모든 사람이.

– 지드

우리는 살아가며 이런저런 만남을 가지게 된다. 어떤 사람과는 한 번을 스치지 않고 어떤 사람과는 매일 함께한다. 한 번의 만남으로 인생이 뒤바뀌는 중요한 만남도 있고 변변치 않은 만남도 있으며 만나지 말았어야 할 만남도 있다. 우리는 많은 사람과 스치지만, 대부분은 마주치지 않아도 상관없을 모르는 사람으로 남는다.

만남을 이어가는 데 수용할 수 있는 수에는 한계가 있기에 우리는 누구와 만나고 이어갈지에 대하여, 누가 더 자신에게 소중하고 의미 있는 사람인지에 대해 생각하면서 만남을 선택한다. 만남은 자신이 원한다고만 해서 이어지는 것이 아니며 서로가 호감을 느끼고 마음이 맞고 뜻이 맞고 말이 통하고 서로에게 의미가 돼야 지속할 수 있다. 만남을 소중하게 여길 줄 아는 자들은 인연을 쉽게 놓치려 하지 않으며 그렇지 않은 자들은 쉽게 놓쳐 버린다.

한 번의 만남이 어떤 관계로 이어지기까지는 두 사람의 교감을 필요로 한다. 우리는 결혼할 때와는 다르게 사람을 사귐에서는 여러 조건을 캐묻지 않는다. 단지 그와의 만남에서 느꼈던 것들만으로 만남을 이어갈 수 있다. 가벼운 만남은 가볍게 끝이 나는 경우가 많고 어렵게 만나거나 깊은 관계를 유지하는 동안에 헤어짐은 쉽지가 않다. 끼리끼리 논다는 말처럼 사람들은 비슷비슷한 사람들끼리 만난다. 성공한 사람들은 성공한 사람끼리 어울리고 실패한 사람은 실패한 사람끼리 어울린다. 성공과 실패에 경계가 존재하는 것처럼 그 관계 사이엔 보이지 않는 경계가 존재한다.

사람이 누군가와 만나고 싶어 할 때는 그 사람에게 배울 것이 있다고 느껴지거나 호감을 느끼거나 좋아하는 마음을 품거나 존중하거나 하는 등의 이끌림을 받았을 때다. 우리가 누군가에게 그러한 이끌림을 받음으로 그와 만나고 싶어 하는 것처럼 먼저 자신이 그런 사람이 되어야 한다. 누군가에게 가르침을 주거나 도움이 될 수 있는 사람이 돼야 하고 호감을 받고 존중받을 수 있는 사람이 돼야 한다. 누군가와 만나고 싶어 한다면 특별한 인연이 있지 않은 이상 자신도 그에 비슷한 사람이 돼야 한다. 정해진 만남이 있고 자신이 선택해서 만나는 만남이 있다. 특별한 계기가 있지 않은 이상 만남을 가지기 위해 저 멀리 떠나지는 않는다.

우리는 자신이 살아가는 동안에 마주치게 되는 주변의 사람들만을 마주하게 된다. 그러니 주변에 좋은 사람들이 많이 있다는 것은 큰 축복 중 하나다.

침묵에 대하여

일상생활에서 주고받는 대화들은 수많은 단어와 문장에 비해 극히 한정돼있다. 매일 마주하는 사람들과 온종일 새로운 대화를 이어간다는 것은 창작하는 일만큼이나 어려운 일이다. 대화하지 않는 순간은 침묵으로 일관하는 경우가 많은

데 대부분 사람은 이 침묵을 견디기 힘들어 대화거리를 생각해 내거나 침묵의 어색함을 피하기 위해 잠을 잔다거나 딴짓한다거나 어떤 행동을 취하게 된다.

한 공간 안에 갇혀 둘 이상의 되는 사람들이 자리함에 있어 침묵을 유지하기란 정신적으로 불편하고 신경 쓰이는 일이다. 그래서 우리는 한 공간 안에서 발생하는 어색한 침묵을 벗어나기 위해 여러 가지 방안을 모색한다. 요즘은 스마트폰이 거의 모든 해결방안을 제시한다. 스마트폰 안에는 여러 가지가 들어 있어서 게임을 한다거나 동영상을 본다거나 하는 식으로 뭔가를 하는 척하거나 아니면 그것에 정신을 집중시킴으로 인해 어색함을 피해 갈 수 있다. 스마트폰을 아니꼽게 바라보는 시선 중 하나가 대화의 단절을 유도한다는 것인데 정작 중요한 말이나 꼭 해야 할 말이면 사람들은 하게 돼 있다. 스마트폰 때문에 사라졌다는 대화들은 그래 봐야 별 중요치 않은 얘기들이다.

고대 위인들이 말하기를 많이 듣되 말은 적게 하라고 하지 않았던가. 그 말뜻은 꼭 해야 할 말만 하라는 뜻이고 우리가 꼭 해야 할 말은 그리 많지 않다는 뜻이다. 그런데 우리는 침묵을 피하기 위해서 별 시답지 않은 이야깃거리들을 늘어놓거나 때로는 거짓을 꾸며내기도 하고 농담을 하기도 한다. 그런 것들을 비판적으로 바라보는 시선들도 있지만 그런 것들은 우리에게 재미와 즐거움을 선사한다. 사람 모두가 현자처럼 진리가 깃든 말만 하기를 추구한다면 우리에게 즐거움은 누가 줄 것인가. 생각을 깊이 하지 않고 말을 내뱉는 사람들은 저마다 우리에게 즐거움을 준다. 그들은 온갖 방언과 욕설을 내뱉고 말도 안 되는 거짓을 이야기하며 재밌는 말들을 한다. 한 공간 안에 갇힌 무리나 집단에 그런 사람들은 꼭 필요한 존재들이다. 그런 이들은 특유의 유쾌함과 친밀감으로 분위기를 주도함으로써 어색한 그 집단이 단합을 이룰 수 있게끔 역할을 한다.

우리는 가끔 침묵을 없애기 위해서 하고 싶지 않은 말도 만들어서 해야 할 필요가 있다. 역시나 뭐든 적당한 게 제일 좋다고 말이 너무 많아서도 적어서도 안 된다. 말이 심하게 많은 사람은 그 말에 진정성이 없어 보여 귀담아듣지 않게 되며 또 말이 심하게 없는 사람은 함께 있는 상대방에게 상당한 불편함을 준다. 침묵을 완전히 지울 수도 완전히 유지할 수도 없다. 그래서 적당한 시끌벅적함과 적당한 침묵의 긴장상태를 잘 유지하는 게 좋다.

척에 대하여

어느 누구도 다른 사람에게 자신의 전부를 내보이는 사람은 없다. 우리는 사회에 나오면 다른 사람들 앞에서 그러는 척하며 행세를 내비친다. 인간 본연의 모습은 제멋대로이고 이런저런 별나고 악질적인 모습들이 가득하지만 우리는 오랜 교육을 통해 그러한 모습을 감추며 자신 안에 인간 본래의 성질을 숨긴다. 사람 누구나 자신 본래의 모습 중에는 남들이 보기에 더럽고 추잡하다고 인식되는 행동성질을 지니고 있다. 하지만 우리는 그 모습들을 감춘다. 우리가 그런 모습을 내비치게 되면 이상한 사람이 돼버린다. 사회적 시선은 제각기인 인간을 공통된 사회적 사람으로 만들어가려 한다. 그리하여 개개인의 특유한 개성이며 독창성과 창의성을 죽인다.

우리는 괜찮은 사람인 척하기 위해 애쓴다. 그런데 그런 척 살다 보면 그런 사람이 되기도 한다. 매일 장난기 많던 사람이 갑자기 진지해져 버리면 상대방이 바라보기에 처음엔 진지한 척하는 것으로밖에 보이지 않는 것처럼 본래의 지속되던 모습과 다른 모습을 보이게 됐을 때 우리는 그 사람이 그러는 척이나 하는 거로 생각한다. 하지만 그런 척하던 모습이 오래돼 굳어져 버리면 그 모습이 다시 그 사람의 모습이 된다.

우리는 있는 그대로를 내보이지 않고 있는 척 아닌 척한다.

없어도 있어 보이는 척하고 호감 가는 사람이 있어도 관심 없는 척하며 여러 사람을 흘려보내 버린다. 대부분의 사람은 척하며 사느라 진실된 삶을 살지 못한다. 그러는 데는 또 다 그만한 이유가 있기 마련이다. 정말 세상 모든 사람이 거짓 없이 이런저런 척하지 않고 진실 되고 투명하게 살아간다 해도 세상이 아름다워지지만은 않는다. 세상엔 숨겨야 할 비밀이 있고 들춰내야 할 비밀도 있는 것처럼 때론 진실되게, 때론 척하며 사는 것이 사회와 타협하는 법이다.

신용에 대하여

서로가 서로를 경계하고 믿지 않는 마음은 신용의 필요성을 깨닫게 한다. 사람의 속은 오직 자신 말고는 알 수 없기에 타인이 속으로 어떤 생각과 마음을 가졌는지에 대해서 전혀 알 바가 없다. 그래서 자신이 이런 생각과 마음을 가지고 있다는 것을 먼저 내보임으로 인해 상대에게 신용을 이끌어 내야 한다. 그런데 이렇게 상대에게 신용을 이끌어 낸 후에 타인이 자신을 완전히 신뢰하고 있다고 판단하여 상대방의 신뢰를 악용하는 경우도 적지 않다. 이런 사례들로 인해 타인을 더욱 경계하게 되고 아무리 친했던 사람이라 하더라도 거래하는 관계에 있어서는 그 사람의 친밀도와 무관하게 선을 긋게 된다.

지난 세월 수없이 많은 배신의 사례들을 보고 들으며 자라왔다. 아버지가 친한 친구에게 보증을 서주는 바람에 집안 경제가 밑바닥으로 떨어지는 사례도 적지 않았고, 친한 지인이나 말주변이 뛰어난 주변 사람의 유혹으로 주식이나 땅에 돈을 투자해 전 재산을 날려 빚쟁이가 된 사례 또한 적지 않았다.

신용은 현대 사회에서 필히 지켜야 할 하나의 요소가 되었다. 신용으로 사람의 등급을 매기고 그 등급으로 사람의 가치를 매기기도 한다. 세상엔 나쁜 마음을 가진 사람들이 참 많다. 그들로 인해 신용의 중요도와 필요성은 계속해서 유지된다. 우리는 과거 많은 사례를 접해왔고 그로 인해 나이를 먹을수록 사람을 대할 때 방어적인 모습을 보인다. 상대방이 어떤 사람인지 알기 전까지는 함부로 마음의 문을 쉽게 열 수 없다. 계속해서 쌓아왔던 신용도 한 번에 잃어버릴 수 있고 그렇게 한 번 잃어버린 신용은 다시 회복하는 데까지 꽤 힘이 든다. 나라와 나라며 기업과 개인이며 이런 각종 사람과 사람 사이의 관계에 있어 무엇보다도 중요한 것 중 하나가 신용이다. 밝고 투명한 사회를 만들기 위해선 각 개개인이 깨끗한 사람이 되어야 하고 투명한 사람이 돼야 한다.

결혼은 인륜적 관계라고 하는 헤겔의 말이 정확히 무엇을 뜻하는지 부족한 내 이해력으로 받아들이진 못하겠지만, 만약 그것이 인류의 지속적인 생존에 있어 반드시 필요한 방법임을 뜻한다면 그 말은 옳다. 결혼한 사람들은 참 말도 많고 탈도 많은데 그중 대부분이 부정적인 견해들이다. 결혼은 해도 후회고 안 해도 후회라고 하는데 이왕이면 경험 삼아 해보고 후회하라 한다. 참 웃긴 말이다. 해봐야 알겠지만 보통 일이 아니란 것만큼은 확실한 것 같다.

결혼생활을 지속적으로 행복하게 유지하지 않게 만드는 첫 번째 이유는 자신과 어울리는 적당한 상대를 제대로 고르지 못했기 때문이라고 본다. 사랑하는 감정이 끝이 있다는 것은 많은 연인과 부부들이 증명해왔다. 웬만한 로맨티스트가 아닌 사람은 사랑만으로 남은 평생을 함께한다는 것이 불가능에 가깝다는 것을 현실적으로 받아들인다. 그렇다면 사랑해서 결혼한 것인데 사랑하는 마음이 식어버리면 남은 세월은 무엇을 교류하며 관계를 이어나갈 것이냐가 중요한 과제다. 여기선 많은 것들이 요구되는데 서로 간의 존중과 배려, 책임, 관심사, 소통 등이 어느 것 하나가 우월하다 할 수 없을 정도로 중요하게 요구된다.

사랑에 빠지기는 쉽지만 이어가는 것은 어렵다. 오래된 부부나 연인 사이에 가장 큰 문제 중 하나는 너무 편해져서 서로를 존중하지 않는다는 것이다. 인간관계에서도 마찬가지다. 아무리 편한 사이여도 서로가 존중할 수 있는 사람이어야 한다. 존중하는 마음 없이 너무 편하기만 한 사이라면 그 관계는 다른 잘 알지 못하는 사람의 관계보다도 업신여기게 된다. 사람은 누구나 자랑하고 싶어 한다. 그래서 여자는 남자의 능력을 보고 남자는 여자의 얼굴을 보는 경우가 많다. 이 둘은 서로 같은 조건에 있다. 서로가 존중할 수 있을 만한 어떤 모습이나 성격을 지니고 있는 것이 관계를 오랫동안 유지할 수 있는 하나의 방법이다.

또 하나로 책임을 얘기하는 것은 결혼 그 자체의 책임이다. 주변에서 결혼하는 것을 큰 의미로 생각하지 않고 쉽게 해버리는 사람들을 종종 볼 수 있다. 자신의 공적(功績)을 통해 어렵게 직장에 들어간 사람들은 그곳에서 함부로 나올 수 없지만 쉽게 들어간 직장은 그만큼 나오기 쉬운 것처럼 결혼을 쉽게 생각하고 쉽게 해버리면 그만큼 헤어지기도 쉽다. 그리고 주변에서 보란 듯이 이것을 증명해 주고 있다. 그러니 결혼에 대한 책임을 가볍게 생각하지 말아야 할 것이다. 또 서로의 관심사가 비슷하고 공통점이 많아야 한다. 같이 할 수 있는 것들이 많아야 그만큼 더 오랜 시간 즐기며 함께할 수 있다.

마지막으로 소통에 관한 것인데 부부라는 것도 결국엔 인간관계다. 그리고 인간관계에 있어 싸우면서도 계속해서 만남을 가능하게 하는 건 얼마나 소통이 잘 이루어지느냐에 따라 다르다. 서로의 사상이나 관념이 반대되어 원활한 소통이 이루어지지 않는다면 그것만큼 답답한 일은 없다. 어쨌거나 남은 평생을 함께해야 할 좋은 배우자를 만나는 것은 크나큰 복이다.

웃음에 대하여

웃어라, 세상이 너와 함께 웃을 것이다.
울어라, 너 혼자만 울게 될 것이다.

– 엘라 휠러 윌콕스

웃음을 잃어버린 사람처럼 불행한 사람은 없으며 웃음이 많은 사람보다 행복한 사람은 없다. 현재 나는 웃음을 거의 잃어버렸으며 과거에는 신마저 질투심을 느낄 정도로 웃음이 많은 아이였다. 어쩌면 내게 질투심을 느낀 신이 내 웃음을 빼앗아갔는지도 모른다.

세상 모든 사람이 질투하고 부러워할 만큼 웃음이 많던 나는 행복한 사람이었다. 내 인생에 두 번 다시 느끼지 못할 그때의 행복이 다시 찾아오기를 더 바랄 수도 없으며 그런 시절이 있었다는 사실로 추억이나 회상하며 만족할 수도 없다. 어쩌면 지나쳤던 나의 행복이 지금의 나를 더 불행한 사람으로 느끼게 하는지도 모른다. 좀처럼 억지로 웃어보려 해도 그때의 웃음을 지어 보일 수가 없다.

내 인생에 가장 행복했던 시절이 지나갔음을 알고 있다. 내 모든 행복과 웃음을 그 시절에 탕진해 버렸다. 세상사는 게 즐거워 온종일 웃음이 끊이지 않았던 나는 길거리를 거닐다 마주치는 사람들을 보며 저 사람은 왜 무표정일까, 저 사람은 왜 인상을 찡그리고 있을까 생각했는데 어느새 내가 그러고 있다. 과거의 나와 마주하게 된다면 그는 나를 얼마나 가엾은 사람으로 바라볼까.

웃을 일이 있어도 잠깐뿐. 순간뿐. 그때뿐. 그때처럼 세포 하나하나가 간질이는 것 같은 주체할 수 없는 웃음에 빠진 상태를 느낄 수 없다. 내가 많은 물질적 재산을 지니게 되어도 전 재산과 웃음을 바꿀 수 있다고 한다면 주저하지 않고 그럴 것이다. 세상을 가진 사람은 돈이 많은 사람도, 마음이 부자인 사람도 아니며 웃음이 많은 사람이다. 아무리 물질적 풍요를 누리고 있는 사람이라 하더라도 웃음이 많고 더 바랄 것이 없는 사람 앞에서 그 물질적 가치는 작아진다. 웃음이 많은 사람보다 행복한 사람은 없다.

행복에 대하여

"내일 주피터가 검은 구름으로 하늘을 가리우건 밝은 햇빛을 남겨주건 상관있나? 나는 살아 보았다"하고 날마다 말할 수 있는 자신이 주인이며 인생을 행복하게 사는 자이다.

– 호라티우스

모든 사람은 인생의 궁극적인 목표를 행복하게 사는 것에 두고 어떻게 하면 행복하게 살 수 있을지에 대하여 생각한다. 그런데 매일 행복하게 살 수는 없다. 살다 보면 행복한 날도 슬픈 날도 기쁜 날도 그저 그런 날도 있다. 지속적인 행복을 바라는 것이야말로 자신의 인생을 불행하게 만드는 가장 첫 번째 요인이다.

자신이 행복해야 하는 것을 당연한 권리로 인식하는 사람 또한 적지 않지만, 세상은 보이지 않는 전쟁이 끊임없이 계속되고 있다. 삶은 투쟁이다. 자신이 행복을 누리는 것을 당연하게 생각하는 사람들은 그 마음으로 자신을 더 불행하게 만든다. 행복하지 않다면 그 이유는 현재의 생활에 만족하지 못하기 때문일 것이다. 그리고 그 이유는 바라고 있는 것이 존재하기 때문이다. 바라는 생활이 머릿속에 그려져 있는데 그 그림과 현재 생활이 일치하지 않기 때문이다.

'행복'이란 무엇인가? 그것은 '더 이상 바랄 것이 없는 상태'

다. 바라는 것이 있다면 그것을 채우면 된다. 욕심이 적은 사람은 아주 작은 것에도 감사하며 만족할 줄 아는 반면에 욕심이 많은 사람은 아주 큰 것에도 만족하지 못하는 경우가 있다. 욕심에 끝이 없다면 영원히 행복해질 수 없을 것이다. 달콤한 과일 열매가 가지 끝에 매달려 있는 것처럼 행복은 욕심이라는 가지 끝에 매달려 있다. 욕심이 많이 없다면 우리는 얼마든지 달콤한 열매를 쉽게 따먹을 수 있다. 매일 행복할 수는 없지만, 행복한 일은 매일 있다. (작자 미상) 행복에 조건이 있다면 첫 번째는 늘 감사하는 마음을 가지는 것, 두 번째는 욕심을 줄여 작은 것에 만족할 줄 아는 것, 세 번째는 너무 먼 곳을 바라보지 말고 주변 가까이 있는 것에서 찾을 것이다.

어떻게 하면 행복하게 살 수 있을지에 대해서 고민하는 사람들은 자신이 무엇을 바라고 있는지부터 알면 된다. 그리고 그것들을 하나씩 채워가면 된다. 그것을 채워가는 과정에서 많은 어려운 일들이 일어날 수도 있지만, 그것을 채웠을 땐 행복해질 수 있을 것이다.

타고난 운명 자체가 많은 행복에 둘러싸인 사람도 있지만, 온갖 불행으로 가득 찬 사람도 있다. 행복이란 감정은 우리 마음먹기에 달렸지만, 외부적인 영향도 많이 작용한다. 반대로 외부적인 영향이 많이 작용하지만, 우리 마음먹기에 따라 달라지기도 한다. 어차피 사람 사는 거 거기서 거기고 온갖 힘든 일과 불행이 가득하지만, 이왕 태어나서 살게 된 거 그 역경의 순간들 속에서 되도록 많은 행복을 찾아가는 것이 그나마 삶을 좀 더 아름답게 채워 갈 것이다.

깨달음에 대하여

인생은 깨달음의 연속이다. 살면서 들리지 않았던 것들이 들리게 되고 보이지 않았던 것들이 보이게 되면서 그렇게 하나씩 깨닫게 되고 그 깨달음은 좀 더 넓은 세상을 볼 수 있는 시각과 감각을 일깨워주며 삶에 대하여 하나씩 알아가게 한다.

깨달음을 느끼지 않고서는 안다고 말할 수 없다. 우리가 무엇인가를 앎에 있어 그 아는 것 이전엔 깨달음이 있다. 우리는 각자의 삶 속에서 각자의 깨달음을 얻는다. 인생은 돈이 전부가 아니라는 둥 여자 얼굴만 보고 결혼해서는 안 된다는 둥 하는 경험 속에 깨달음을 얻으며 알지 못했던 것이나 고정된 견해를 물리치고 새로운 시각을 넓힌다.

하나의 소중한 깨달음은 그 하나만을 알게 하는 것이 아니라 더 많은 것까지 알게 한다. 무엇을 알려고 하는 궁금증은 그것을 깨닫고자 하는 마음 때문이다. 그래서 자신의 존재나 사물의 존재에 대한 질문을 던지고 그 질문에 대해 깨달음을 얻고자 한다. 아는 만큼 보이고 들리는 만큼 깨달음이 많을수록 세상살이에 대한 진리를 찾는 데 보다 더 가까워질 수 있게 되고 삶을 영위해 가는 동안 깨달음을 얻지 못한 자보다 더 많은 것들을 정신이나 마음으로 얻게 된다.

우리는 살면서 실패를 깨닫고 현실에 대해 깨달으며 한계를 깨닫는 등 이런저런 깨달음들을 얻는다. 깨달음은 우리의 지적 욕구를 충족시키면서 무겁게 느껴지는 세상살이에 대한 무게를 덜어준다. 사는 동안에 수용할 수 있는 범위만큼 최대한으로 많이 깨닫는 것이 그만큼 더 살아보았다고 하는 것을 느낄 수 있다. 깨달음은 곧 세상과 친해지는 법이다. 세상은 우리에게 많은 질문을 내던지도록 유도하고 그것들 하나씩 깨달았을 때 세상과 더 가까워진다.

눈을 뜨고서도 의식은 잠들어 있는 경우가 많다. 눈을 뜨고 눈을 감는 그 하루 중에서 과연 우리의 의식이 온전히 깨어있는 시간은 얼마나 될까? 종교에서는 깨어있음을 강조한다. 나는 그 가르침을 매우 존중한다.

우리는 충분한 잠을 잠에도 불구하고 깨어났을 때 충분히 깨어있지 못하다. 조금만 참고 집중해보려 해도 우리의 정신은 어디론가 새어나가 버린다. 특히나 나같이 집중력이 부족하고 주의가 산만한 사람은 증상이 심하다. 나는 거의 무의식 속에 잠겨 살며 그렇기에 나의 행동에 대해 백 퍼센트 책임지지 못한다. 나는 늘 잡생각에 잡혀버리기에 눈앞에 것을 잘 보지 못한다. 그래서 기억력과 관찰력이 부족하다. 그래서 인지 사람 얼굴도 잘 기억하지 못한다. 그런 면에서 나는 증인이나 목격자로는 딱 질색인 사람이다.

깨어있음을 얘기하는 것은 오직 현재의 순간인 것이다. 현재 눈앞에 것을 보고 옆 사람 말을 잘 듣고 불어오는 바람을 피부로 느끼며 주변의 향기를 맡고 그러한 것들을 오래 기억할 줄 아는 것이 깨어있음이다. 우리의 많은 행동은 무의식 속에 이루어진다. 무의식은 우주의 블랙홀같이 의식을 집어삼킨다. 의식은 잡지 못하면 계속해서 무의식 속으로 빨려 들어간다. 그래서 우리는 깨어있어야 한다.

무의식의 힘은 강하다. 아주 많은 순간순간 무의식이 우리의 생각과 행동을 이끈다. 무의식 속에는 아주 많은 것들이 들어있다. 우리가 살면서 경험한 것, 느꼈던 것, 깨달았던 것, 의식이 인지하지 못한 사이 생각하는 것이나 행동하는 순발력이며 하는 것들이 무의식 속에 저장돼 있다. 무의식은 지난 날들의 저장소이며 의식은 현재에 충실한 것이고 그 의식은 또 무의식으로 저장된다. 우리의 빼어난 감각들은 모두 무의식 속에 잠들어 있다. 우리의 정신이며 생각이며 세포의 움직임들은 의식과 무의식 그 사이를 경계 없이 왔다 갔다 한다.

인식에 대하여

모든 사람은 그 자신의 이해 정도와 인식의 한계 내에서만 세상을 바라볼 뿐이다.

– 쇼펜하우어

우리는 각 사물이나 어떤 대상에 대한 자신만의 인식을 지니고 있다. 그 인식의 폭은 차이가 제각각이며 다른 경우도,

잘못된 경우도 있다. 자신은 자신 안에 갇혀 산다. 자신은 죽어서까지 자신이 아는 것밖에는 알지 못한다.

욕망은 끊임없이 새로운 것을 알기를 바라지만 너무 많이 알려 함은 자신에게 독이 될 수 있다. 우리는 사람이다. 습득할 수 있는 한계가 있는 사람이고 언젠간 죽는 사람이다. 몰랐던 것을 배우고 알았던 것도 잊어버려 다시 배워야 한다. 그러니 너무 많은 것을 수용하기보다는 자신이 관심 있는 것을 해야 한다. 자신의 것을 하고 부족한 부분은 다른 사람을 통해서 채우면 된다. 가장 이상적인 사회는 차별 없이 각자의 위치에서 각자의 일을 성실히 해나가는 것이다. 그리고 자신이 잘 모르는 일에 대해서는 알기 위해 힘을 쓰고 시간을 투자하기보단 그에 전문인 사람과 어울려 그에게 도움을 청하고 또 자신이 그에게 도움을 줄 수 있는 관계에 서는 것이다.

우리가 사는 건 결국 인간 세계다. 사람들 속에서 함께 어울리며 살아간다. 그게 우리의 삶이다. 우주 저 너머의 세계에 대해선 알지 못한다. 상상이나 추측 같은 것은 할 수 있지만, 우리가 '안다'라고 할 수 있는 건 이 세계 안에서 일어나는 온갖 일들과 자신 주변의 것들에 대하여 보고 듣고 느끼며 깨달은 것들뿐이다.

다른 사람들과 비교하다 너무 많이 알아버리면 사는 게 재미없다고 느껴질 것이고 너무 몰라버리면 사는 게 힘들어질 것이다. 많이 아는 사람은 자신이 아무리 많은 것을 알아도 아직 아무것도 모른다고 말하며 모자란 사람은 자신이 아는 것을 전부라 믿고 아주 많은 것을 안다고 자부한다. 무지한 사람일수록 무서움을 모른다. 많이 알지 못함은 그만큼 겁낼 것 또한 없다. 그래서 어린아이나 지성이 어린 사람들은 가끔 어른이 절대 하지 못하는 무서운 행동을 하는 경우가 있다.

그 어떤 지성이 뛰어난 사람이나 사상이 자유롭다고 하는 자도 그의 생각과 정신은 결국 보이지 않는 사슬에 묶여있다. 그렇기에 우리는 자신과 다른 모든 사람에 대하여 완전히 이해할 수 없다. 사람의 신체와 성격이 어느 선이 되면 굳어 버리는 것처럼 인식도 어느 선이 되면 굳어 버린다. 모든 것엔 균형이 필요하듯이 어느 정도의 현실과 어느 정도의 이상을 꿈꾸며 인식을 형성해 가는 것이 좋다.

성격에 대하여

최대한으로 많은 인간성을 수용할 것.

– 지드

성격은 태어날 때부터 지니고 있는 타고난 본성에서부터 인식이 자리 잡지 않은 사이 보고 듣고 자라게 되는 동안 무의식적으로 익혀지는 주변 환경의 것들과 인식이 자리 잡기 시작하면서부터 보고 듣고 느끼는 것들에 의하여 형성된다.

사람들은 대개 어릴 때 지니고 있던 성격을 가지고 '원래 나'라고 이야기하지만 그건 단지 어릴 때 지니고 있던 성격일 뿐 불완전한 존재인 사람의 성격은 멈추지 않는 유동성을 띤다. 그러므로 '원래 나'라고 하는 것은 없고 '과거의 나' 또는 '그때의 나'라고 말해야 한다. 왜냐면 사람은 불변하는 하나의 사물이 아니고 순간순간에 따라 그 성격이 변형되기 때문이다. 그날 좋은 꿈을 꾸었는지 불길한 꿈을 꾸었는지, 그날 날씨가 해가 뜨는지 비가 오는지, 상대방의 기분이 좋은지 나쁜지 같은 온갖 외부적인 영향을 통해서 자신의 성격도 그 순간순간에 따라 변하게 된다.

인간은 시간이 지나면서 여러 조건으로 인해 변질이 된다. 어릴 적 주관이 뚜렷하지 않은 나는 주변 사람들의 기준에 나 자신을 맞춰갔다. 그것은 본래 내가 지니고 있던 성격과 대조해 정체성에 혼란을 불러왔지만, 이런저런 것들을 수용해 가면서 보다 넓은 시각으로 세상과 마주할 수 있게 되었다.

'나'라고 하는 건 주변의 영향을 받지 않는 유일무이한 그런 존재가 아니다. 사람은 수많은 외부적인 영향을 받아 '나'라고 하는 자신의 모습을 형성하게 된다. 완전한 자신의 것은 단 하나도 없다. 모든 게 외부적인 영향을 받아 이루어진다. 특히나 수동적인 사람 같은 경우에는 그런 외부적인 영향들이 크게 작용한다. 그래서 누군가에겐 좋은 사람으로 인식되고 누군가에겐 싫은 사람으로 인식된다. 왜냐면 성격이 단순한 사람들은 좋아하는 사람 앞에선 좋은 모습을 보이려 하고 싫어하는 사람 앞에선 싫은 모습을 보인다. 누군가 자신을 좋아하면 자신도 그 사람을 좋아하게 되고 누군가 자신을 싫어하면 자신도 그 사람을 싫어하게 된다. 자신을 하나의 사물로 가두지 않기에 누구에게나 같은 성격을 내보이지 않는다. 못된 사람에겐 더 못된 모습을 내보이고 싶어 하고 좋은 사람에겐 더 좋은 모습을 내보이고 싶어 한다. 그래서 누군가는 자신을 싫어하고 누군가는 자신을 좋아한다.

성격이 그 사람에게 미치는 영향은 막대하다. 성격은 곧 그 사람을 나타낸다. 우리가 생을 살아가며 많은 사람과 부딪히는 동안 사람끼리 서로가 어울릴 수 있는지 없는지 분간할 수 있는 가장 큰 요소는 성격이다. 성격이 강한 사람은 그 자신의 존재에 보이지 않는 벽을 침으로서 사람들이 쉽게 다가갈 수 없게 하고 반대로 온순한 사람은 아무 거리낌 없이 사람들과 융화할 수 있는 힘을 지닌다.

성격은 저마다 지닌 장단점들이 있는데 성격이 강한 사람은 타인과 쉽게 융화할 수는 없지만 상처받을 일이 드물고 성격이 온순한 사람은 많은 사람과 거리낌 없이 어울릴 수 있지만 몇몇 나쁜 사람들이 그 사람을 가볍게 대함으로써 상처를 안겨준다. 그러므로 가장 좋은 성격이라 할 수 있는 것은 타인이 편하게 느낄 수 있는 존재가 되되 들춰내지 않아도 보이지 않는 강인함을 지닌 사람이다.

자아에 대하여

1944년 8월 1일 화요일 / 나는 이중인격자

– 안네의 일기 中

그는 사회에서는 사회인답게 살면서 내부에서는 자아의 세계를 감추고 있었다. 그는 사회인으로서의 나와 나 자신의 나는 별개의 존재라고 명확하게 선언한다. 즉, 사회와는 타협하며 살아가지만 자기 자신만의 유일한 세계는 따로 존재한다는 것이다. 게다가 자아의 탐구로 들어서면 회의주의의 냄새도 희박해져 버린다. (몽테뉴 수상록 中) 사람은 저마다 자아를 형성해 가고 바깥 생활에서는 내보이지 않는 자신만의 자아를 지니고 있다. 자아의 모습을 타인에게 내비친다는 것은 여간 부끄러운 일이 아닐 수 없기에 대부분이 자아는 자신 안에 감춰두고 사회에서는 사회적인 사람으로 자신을 내비친다. 자아는 순전히 자신의 것이며 사회에서의 모습은 타인의 시선을 고려하기에 조심스러운 행동을 취하게 된다.

본성에 대하여

맹자는 유전적이거나 개인적 성격을 배제하고 인간이 태어날 때부터 가지고 있던 본연의 도덕적인 능력을 인간의 본성이라 말했고 인간의 본성은 선하다고 주장했다. 즉, 히틀러도 성범죄자나 살인자를 비롯한 온갖 상습적 범죄자 모두도 그 본래는 선한 사람이었다는 소리다.

이 말에 내 생각을 좀 보태어보자면 인간이 태어날 때부터 지니고 있는 본성은 살아가는 과정에서 이런저런 경험을 하며, 성격이 변한다 하더라도 죽는 순간까지 자신 안에 남아 있을 것으로 생각한다. 성격은 변해도 본성은 변하지 않는다. 범죄를 저지른 사람이 본래가 선하다면 훗날 그 범죄에 대한 후회와 뿌리 깊은 반성을 할 것이고 악하다면 죄에 대한 조금의 양심 가책도 느끼지 못할 것이다.

사람들은 인간의 본성이 선하다 악하다 하는 것을 가지고 성선설이네 성악설이네 논하는데 이 역시도 선한 사람이 있고 악한 사람이 있는 것이다. 굳이 계속해서 본성 그 자체를 너나 할 것 없이 인간 전체를 가지고 말하려 한다면 본성이란 말 자체를 하지 말아야 한다. 인간이라고 다 같은 인간이 아닌데 본성이라고 어찌 다 같은 본성을 지니겠는가.

본성이라 할 것도 없이 내 안에는 선한 모습도 악한 모습도 있는데 원만한 사회생활을 위해 대부분 이 악한 모습은 감춰져 있다. 내 본래 존재가 선한지 악한지를 알기 위해 과거를 돌이켜 보면 역시나 지금처럼 선과 악을 경계 없이 오가고 있는 모습을 발견할 수 있다. 대여섯 살 먹은 내가 주변 환경이나 경험에 의해 선과 악을 받아들일 만한 것은 없었다. 그것은 오직 원래 내 자신 안에 지니고 있던 본성이었다. 거기엔 착한 것도 나쁜 것도 있었다.

자신감만큼 좋은 것은 없다. 하지만 그 자신감도 자신감이 생길만한 충분한 뒷받침이 되는 무언가가 있어야지 아무 근거도 없이 자신감만 차 있는 경우에 그 자신감은 후에 사라지기 마련이다. 아무것도 가진 것 없이 한창 자신감만 차있었을 때 나는 세상 부러울 것도 무서울 것도 없었다. 그리고 자신감에 차 있는 다른 사람들의 모습을 보았을 때 그들이 가지고 있는 게 무엇이건 그들은 정말 세상 그 무엇도 두려워하는 것이 없는 것처럼 보인다.

세상을 다 가질 순 없지만, 세상을 다 가질 수 있을 것만 같은 힘을 느낄 수 있게 하는 건 자신감에서 비롯된다. 자신감만큼 좋은 무기는 없다. 뭐든 해낼 수만 있을 것 같은 자신에 찬 사람은 그 자신감을 잃어버리기 전까지는 자신의 목표에 도달하는 과정에 있어 그렇지 않은 사람보다 비교할 수 없이 많은 힘의 영향을 받는다.

자신감을 느끼고 산다는 게 뭐 그리 어렵겠느냐만 많은 사람이 당당히 자신을 드러내 보이지 못하고 움츠린 채로 살아간다. 사람들은 저마다 자신의 콤플렉스와 나쁜 경험에서 비롯된 방어적인 태세로 위축되고 작아지며 자신의 가능성을 감추고 낮춘다. 이렇게 자신감이 하락하는 모습이 깊어지고 오랜 시간 지속되면 다시 자신감을 찾아가기에 점점 더 버거워진다. 자신이 지니고 있는 능력도 자신감이 보태지지 않으면 그 능력을 제대로 발휘할 수 없게 된다.

자신이 없는 사람들은 각자 그럴만한 이유가 반드시 존재하겠지만, 세상 많은 사람이 자신 없게 살아야 할 이유는 없다. 자신의 콤플렉스나 약점을 가지고 놀리고 비난하는 자들에게는 똑같이 대해주면 그만이다. 그런 이들은 몰라도 그만인 사람들이다. 좋은 사람들은 타인이 지닌 약점이나 콤플렉스에 대해서 놀림으로 삼지 않는다. 그것은 진정한 우애로서 친구의 행실에 잘못된 부분을 지적하는 것과는 다르다.

사람은 저마다 보고 듣고 느끼는 것이 다르니 자신을 좋아하는 사람도 싫어하는 사람도 있을 것이다. 아무렴 자신을 싫어하는 사람 때문에 자신감을 상실할 것이 아니라 자신을 싫어하는 사람마저 자신을 좋아하게 만들 수 있을 것 같은 자신감을 지니는 사람이 좋다. 그런데 자신을 좋아하는 사람보다 싫어하는 사람이 압도적으로 많다면 그것은 자신에 대해 객관적인 시선으로 고찰해 볼 일이다. 많은 사람이 싫어하는 모습을 보이는데 자신감 하나만 믿을 수는 없다. 자신감을 가지는 데엔 그만한 이유가 있어야 하고 그 이유를 충족시켜 오랫동안 지속하는 자신감을 갖는 것이 좋다.

높은 위치에 자리하고 있을 때 내보이는 것을 겸손이라 한다. 겸손이란 기본적으로 자신을 낮추는 것에서부터 시작하는데 더 이상 낮아질 것이 없고 아무것도 보잘것없는 사람이 겸손이랍시고 하는 언행은 겸손한 자가 아닌 자신감이 없고 그저 부족한 자로 보이게 할 뿐이다.

자신을 자랑하지 않는 것, 자신을 들추지 않는 것, 다른 사람이 자신을 알아봐 주지 않더라도 굳이 알리려 하지 않는 것, 세상 무엇도 영원한 것은 없기에, 자신이 가진 돈이 언제다 소비돼 버릴지 알 수 없기에, 옆에 있는 예쁜 아내의 얼굴에 머지않아 주름이 필지 모르기 때문에, 구름처럼 둥실 떠있는 인기가 물거품처럼 한순간에 사라질지 모르기 때문에, 상한가를 치던 주식이 한순간에 폭락할지 모르기 때문에, 자신이 갖지 못한 재능을 다른 사람은 가지고 있기에, 자신보다 잘 난 사람은 넘치고 넘쳐나기에, 자신보다 가난했던 자가 언제 부자가 될지 모르며, 자신의 부하가 언제 상사로 변할지 모르며, 학창시절 괴롭힘을 당하던 조용한 아이가 자라서 법과 세금으로 우리에게 괴롭힘을 줄지 모르기에, 우리는 자신이 가지고 있는 어떤 힘과 재능이나 물질적인 것들에 대하여 너무 떠들지 말아야 할 것이며 그것을 주신 주님이나 신께 감사하는 마음으로 겸손을 내보여야 할 것이다.

오만하고 건방진 태도는 타인으로부터 표적의 대상이 된다. 높은 위치에 서 있는 사람 중에서 겸손한 자들은 그 자리를 오랫동안 유지하는 반면에 겸손하지 못한 자는 그 위치에서 일찍이 내려오는 경우를 볼 수 있는데 그 이유는 사람은 겸손하지 못한 자를 보면 그를 밟고 올라서고 싶은 자극을 받기 때문이다. 그러니 굳이 겸손하지 못한 태도를 보여 상대에게 자극을 이끌어 낼 필요가 없다.

순결에 대하여

거리에는 온갖 유흥주점들이 가득 들어서 있고 퇴폐해 버린 문화는 술 냄새, 담배 냄새, 향수 냄새, 음식 냄새가 뒤섞여 악취가 풍기는 그 거리로 우리를 인도하며, 온갖 추잡하고 육체적인 쾌락에 심취한 심령은 순수한 영혼을 잃어버리고, 보수적인 성향을 벗어난 인식은 심한 개방을 맞이하기에 이르러 비로소 순결함을 지녔던 심령은 어렸던 그때와 함께 추억으로 묻어버린다.

순수했던 영혼은 세상의 온갖 추악한 것들과 함께 더럽혀졌다. 더럽혀질 대로 더럽혀진 영혼은 더 이상 받아들이지 못할 게 없으며 더럽고 추악한 것들을 더럽고 추악하다고 느끼지 못하는 지경에 이름으로 인해 선과 악의 경계가 허물어져 가고, 무엇이 옳고 그른지를 분간할 수 있는 감각이 흐려지게 됐다.

많은 학자가 교육으로서 절제를 요구하고자 했던 육체적 본능은 개방적인 문화와 함께 날뛰기 시작한다. 짧은 인생, 우리는 보다 더 자극적이고 많은 경험을 요구한다. 자기 것이 아닌 것을 쟁취하고 싶은 허황에 취하고 많은 이성과 관계를 맺지 못함을 억울하게 생각함으로 인해 보다 더 많은 관계의 경험을 원한다. 육체가 더럽혀지지 않았어도 영혼이 더럽혀진 자는 반드시 육체가 따라 더럽혀지기 쉽다.

이런 퇴폐한 문화와 퇴폐한 인식이 영혼에까지 깊게 뿌리박혀 있는 이 시대의 젊은 또래 중에 아직 순결함을 잃지 않은 사람이 있다면 그를 주변에 두고 함께 어울리며 더럽혀진 영혼을 정화하는 것이 정신 건강에 좋다.

누군가 자신을 대할 때 예의를 갖추고 있다고 느끼면 그 자신은 스스로 상대방에게 존중받고 있다는 느낌을 받아 상대에게 호감을 느끼며 좋은 기분을 받게 되고 자신 또한 상대방에게 예를 갖추게 된다. 반대로 누군가 자신을 대할 때 무시하고 있는 것 같다는 느낌을 받으면 자신 또한 상대방에게 호감을 느낄 일이 없고 똑같이 무시하게 된다. 누군가 자신에게 예의를 내보이는데 그를 무시할 사람이 어디에 있으며 자신을 무시하는데 그에게 예를 차릴 사람이 어디 있나. 사람은 자신이 받은 만큼 돌려주기 마련이다.

우리는 서로 다르고 차이가 있지만 그런 차이를 묵언하고 서로에게 존중하는 예를 표한다면 갈등이 줄어들 것이다. 그러기 위해선 먼저 자신이 어떤 위치에서 무슨 일을 하고 있는지를 떠나서 존중받을 수 있는 사람이 되어야 한다. 사람을 대하는 것은 언제나 사람 대 사람이어야 한다. 누군가 높은 위치에 자리하고 있다고 해서 무조건 아랫사람을 무시하듯 대해서는 안 되고 어른이라고 해서 무조건 아이들을 아랫것 보듯이 하면 안 된다. 그런데 몇몇 아랫사람들은 윗사람이 존중의 태도를 내보일 때 이를 만만하게 생각해 버리는 경우가 있다.

권력은 당연히 윗사람이 언제나 갑의 위치에 서 있다. 아이가 어른에게 예를 갖추고 아랫사람이 윗사람에게 예를 갖추는 모습은 흔하지만, 그 반대가 되는 모습은 보기 드물다. 그러므로 어른이 아이에게 예를 갖추고 윗사람이 아랫사람에게 예를 갖추는 모습은 매우 신사답고 있어 보인다. 사람은 누구나 사랑받고 존중받고 있다는 느낌을 받을 때 자신의 존재에 대한 의심을 줄이게 된다.

잔인한 범죄를 저지르는 사람은 대부분 남들에게 사랑과 관심을 못 받은 사람들이 많다. 그들 또한 관심과 사랑을 받고 자랐다면 그런 나쁜 마음이 생겨나지 않았을 테다. 관심과 사랑을 거부하는 사람은 없다. 하지만 관심과 사랑이 거부되는 사람은 있다. 그것은 스스로 몫이다. 본인이 관심과 사랑을 받는 사람이 되도록 노력해야 한다. 예를 갖춤은 인류를 평화롭게 하는 데 큰 힘을 가진다. 누군가를 무시함은 그 무시당한 사람을 악마로 만들어 버릴 수도 있다. 그러니 우리는 서로를 존중하고 배려하며 자신이 그런 사람이 되기 위해 노력해야 할 것이다.

우리는 굳이 말하지 않아도 상대방이 자신의 마음을 알아주기 바라지만 야속하게도 상대방은 그런 마음을 알아주지 못한다. 상대방이 자신의 마음을 알기 위해선 우리는 그만한 표현을 해야만 하는데 그 표현이 지나치면 상대방에게 부담을 주고, 자주하면 가벼운 느낌을 주어 의미를 작아지게 하고, 너무 하지 않으면 알 수 없게 한다.

나는 좋지 않은 성격을 가지고 있는데 티를 내고 생색내기를 싫어하여 표현을 거의 하지 않는 성격이다. 잘못하고도 미안하다는 표현을 잘하지 못하며, 호의를 받고도 감사하는 표현을 잘하지 못하고, 애매한 관계에서는 먼저 인사를 건네지 않으며, 좋아하는 사람에게 좋아한다는 표현을 하지 못하는 바보가 되고 싫어하는 사람에게는 싫어한다는 표현을 하지 않고 그냥 신경에서 제외해 버린다. 아무도 모르게 가슴 안에서 스스로만 얘기하고 듣는다. 표현적 장애 수준이다. 과시하지 않고 설쳐대지 않으며 눈에 띄려 하지 않는다. 굉장히 방어적인 성격이다. 이런 성격은 타고난 경우도 있고 자아를 상실하거나 상처를 많이 받아서 생기게 된 경우도 있다.

표현은 자신감에서 나온다. 스스로 자신이 없으면 그만큼 상대방에게 표현하기도 망설여진다. 좋아하는 사람에게는 좋아한다고 표현하는 게 정상이고 싫어하는 사람에게는 맘에 들지 않는 부분을 지적해 줌으로써 관계를 개선하려고 노력하는 게 정상이다. 또 표현은 상황에 따라서 정도의 차이를 보여야 한다. 때로는 표현하기도 해야 하며 때로는 숨기기도 해야 한다. 누군가 자신을 괴롭히는 데 힘들거나 짜증이 나는 마음을 표현하지 않고 아무렇지 않은 척 받아들이면 그 사람은 그것이 괴롭힘인지 모른다. 또 누군가 사랑하는 사람이 생겼는데 그 사람 옆에 이미 배우자가 있다면 그때는 마음을 숨기고 빨리 잊어버리는 편이 좋다. 자신 안에 있는 것은 오직 자신만이 안다. 우리는 그중 일부만을 표현함으로써 드러내 보인다. 우리가 표현하지 않는 것은 상대방이 알지 못한다. 누군가 자신을 알아주길 바란다면 그것을 표현해야 한다. 표현의 형태는 여러 가지가 있으니 자신과 상황에 어울리는 적절한 표현을 찾아내 보이면 될 것이다.

표정에 대하여

사람은 다양한 표정을 지어 보임으로써 상대방에게 제각기 다른 인상을 자아낸다. 우리가 어떤 표정을 짓고 있는지에 따라서 상대방에게 좋은 기분을 줄 수도 나쁜 기분을 줄 수도 걱정을 시킬 수도 안심을 시킬 수도 있다.

표정은 내면에서 일어나는 기분과 감정을 겉으로 드러내는 내면의 거울이라는 말이 있다. 한데 속에 있는 감정을 숨기지 못하고 있는 그대로 드러내는 사람이 있는 반면에 자신의 속마음을 숨기고 상황에 따라 그와 반대되는 표정을 지어 보이며 자신의 감정을 숨기는 사림이 있다. 표정이 밝은 사람은 타인에게서 기분 좋은 감정을 이끌어 낸다. 표정이 밝은 사람은 눈동자가 호수처럼 맑게 빛나 보인다. 표정이 밝은 사람은 친근한 느낌을 전해줘 인간관계가 성립됨에 있어 좀 더 빠르게 그리고 한층 더 가까워질 수 있도록 도와준다.

표정은 순간순간 변하는 것이지만 어느 표정이 오랫동안 지속하면 그것이 그 사람의 인상으로 자리 잡게 된다. 타인의 내면은 들여다볼 수 없기에 내면의 거울이라고 하는 표정을 들여다보며 그 사람의 기분이 좋은지 나쁜지, 선한 사람인지 악한 사람인지, 행복한 사람인지 불행한 사람인지, 진실을 말하는지 거짓을 말하는지도 어느 정도 느낄 수가 있다.

사회생활을 하는 데 있어 표정관리는 중요하다. 윗사람이나 동료와 일하는 과정에서 생긴 언짢은 일로 싫은 표정을 그대로 드러내 보이면 상대방의 기분이 매우 불쾌해진다. 어떤 경우엔 큰 상황으로 벌어질 수 있는 일도 좋은 표정을 지어 보임으로써 그 상황을 무마시켜 버리고 또 어떤 경우엔 별것 아닌 일에도 싫은 표정을 드러냄으로써 큰 상황을 만들어 버리기도 한다.

말 한마디로 천 냥 빚을 갚는다는 속담이 있는 것처럼 표정도 그만큼 자신의 인생에 큰 변화를 줄 만한 일을 만들기도 한다. 표정이 좋지 않은 사람들에겐 사람들이 쉽게 다가가지 못한다. 이유는 표정이 좋지 않은 사람들은 대개 공격적인 성향일 것이라는 판단이 서기 때문이다. 무섭게 생긴 사람 대부분은 그 얼굴 자체가 무서운 것이 아니라 그 표정이 무서운 것이다. 그들도 언제나 밝은 웃음을 지어 보이며 좋은 표정을 지을 수 있지만 무뚝뚝하거나 찡그린 표정으로 자신을 숨기고 방어한다. 진짜 강한 사람은 밝은 표정 속에 야수 같은 모습을 감춰 둔다. 밝은 표정은 상대방에게 자신이 타인의 경계하지 않는다는 무언의 메시지를 전달해 상대방으로 하여 호감을 이끌어 낸다. 그런데 밝은 표정을 내보이게 됐을 때 자칫하면 상대방이 자신을 가볍게 볼 수도 있다는 생각에 밝은 표정을 감추는 사람도 많다. 그러나 살아가는 데는 찡그린 표정보다는 밝은 표정으로 세상과 마주하는 게 본인의 인생을 훨씬 더 가볍고 순탄하게 만들어 줄 것이다.

감정에 대하여

우리가 사로잡히는 것은 외부로 보이는 물질적인 것보다 내부에서 느껴지는 비물질적인 것이 훨씬 더 많은 영향을 차지한다. 금이나 보석같이 눈에 보이는 화려한 물질적인 것보다 슬픔이나 절망 등의 감정에 사로잡힌 것이 우리에게 미치는 영향이 훨씬 더 크다는 말이다. 물질적인 것은 순간적으로 우리를 사로잡지만, 우리가 느끼는 감정처럼 영원히 따라오지는 못한다.

사람은 다른 동물들보다도 훨씬 더 깊고 풍부한 감정들을 지니고 느낀다. 육체가 있기에 감정을 느낄 수 있지만, 감정을 느끼지 못한다면 육체는 쓸모가 없다. 감정이 없다면 아무것도 느낄 수가 없고 그것은 살아도 죽은 것과 같다. 자신을 지배하는 것은 감정이다. 외부에서 어떤 일들이 우리의 감정에 침투하여 괴롭히더라도 자신이 받아들이는 태도에 따라서 감정은 다르게 작용하고 그것이 우리가 느끼는 것이고 그 느끼는 것이 전부가 된다.

강인한 정신은 감정을 조절할 수 있다. 우리가 느끼는 감정 대부분은 외부적인 영향으로 인해 움직이지만 정신으로 조절할 수 있다. 언짢은 일이 생겨 기분이 상하더라도 정신이 조절하기에 따라서 그 상태가 오래가기도 하고 순간에 사라지기도 한다. 행복에 오랫동안 겨워하는 자들은 슬픔에 빠지기를 꺼리고 슬픔에 오랫동안 잠겨있는 자들은 행복을 사치로 느낀다. 우리는 생각하기에, 마음먹기에, 정신을 가다듬기에 따라서 지금 당장 행복할지 슬퍼할지에 대하여 스스로 선택할 수 있다. 정신이 감정을 따라가지 않게 분리할 수 있다는 말이다.

우리 안에서 느껴지는 감정들은 현존하는 단어 이외에도 정도에 따라서 우주의 별만큼이나 무수하다. 기쁨에도 슬픔에도 괴로움과 절망에도 그 정도의 차이는 제각각이지만 우리는 그것들을 좀 더 세밀하게 분리하지 않고 하나의 통합된 단어로 만들어 묶어버렸다. 우리는 스스로 생각하는 것보다 훨씬 더 많은 것을 느낀다. 감정을 느끼기에 살아있음을 느낀다. 아픔과 괴로움같이 부정적인 감정을 느끼는 이유도 모두 저마다의 필요성을 지니고 있다. 데카르트가 생각하기에 존재한다고 말하는 것처럼 느끼기에 살아있다고 말할 수 있다.

몸 안에는 무수한 신경세포가 있는데 그 세포들은 사람마다 활동하는 게 제각각이어서 감각이 전해주는 느낌도 저마다 다르다. 모두 행복을 느끼지만, 그 행복을 느끼는 정도는 다르고 모두 외로움과 괴로움을 느끼지만, 그 깊이에는 차이가 있다.

어떤 물질을 만졌을 때 그 물질이 전해주는 감각을 느끼는 것도 저마다 다르고 같은 것을 봐도 조금은 다르게 보이고 같은 것을 들어도 조금은 다르게 들리며 같은 음식을 먹어도 느껴지는 맛의 차이는 제각각이며 같은 냄새를 맡아도 느껴지는 향의 차이는 다 다르다. 또 한 사람이 어린아이였을 때와 청년이 되었을 때, 또 중장년이 되었을 때와 노인이 되었을 때 느껴지는 감각 또한 변하게 된다. 그 이유 중 하나는 감각이 경험에 의거하기 때문이다.

우리가 처음 일을 하게 되었을 때 아무것도 몰라 어리둥절하기만 했던 일들이 시간이 지나며 한 번 본 것을 두 번 세 번 보게 되고 한 번 만졌던 것을 두 번 세 번 만지게 되며 그렇게 점차 눈에 익어가고 손에 익어가며 그 감각이 자신에게로 고스란히 전해져 자유분방하던 세포들이 그 감각에 맞춰 자리 잡기 시작하면서 일에 익숙해지기 시작한다. 그렇게 감각이 어느 일이나 분야에 완전히 자리 잡기 시작하면 신경을 쓰지 않고도 무의식적으로 감각이 이끄는 대로 그 일을 할 수 있게 된다.

뛰어난 감각은 타고나는 경우도 있지만 노력에 의하여 형성해가는 경우가 많다. 운동선수며 프로나 달인의 경지에 이르는 사람들은 특출한 감각을 형성하기 위하여 피땀 흘리며 노력에 노력을 거듭하고 형성된 감각을 잃지 않고 유지하기 위해 계속해서 노력하고 또 노력한다. 감각은 자신이 생각하는 것보다 훨씬 더 큰 힘을 지녔다. 감각은 생각이 따라오지 못할 정도로 거의 모든 것을 알고 이해한다. 어떤 일을 하는 사람이건 그 일에 대해 감을 잊어버리면 자신에게 치명적인 영향을 미친다. 잊어버린 감을 빠르게 되찾는다면 다행이지만 오래도록 돌아오지 않는 경우는 능률을 바닥으로까지 끌고 내려간다. 그러니 어떤 사람이 어떤 분야에서 어떤 일을 하건 좋은 감을 잃지 않고 오랫동안 유지하는 것이 좋다.

형태는 잊혀도 향기는 오랫동안 남아있는 경우가 있다. 오감은 필요 이상의 자극을 받게 됐을 때 그것을 오랫동안 기억한다. 충격적인 장면을 목격하게 됐을 때 그 장면을 오랫동안 시각이 기억하고 필요 이상의 아픔을 느끼게 됐을 때 촉각이 기억하고 너무 큰 소리를 들었을 때 청각이 그것을 기억하고 매우 맛있거나 맛없는 음식을 먹었을 때 미각이 그것을 기억한다. 후각도 같다. 냄새는 강하다. 냄새는 아름다운 여자도 아름답지 않게 만들며 아름답지 않은 여자도 아름답게 만든다.

타인이나 이성을 마주할 때 가장 먼저 하게 되는 것은 눈으로 보는 것이다. 이미 거기서 대부분이 호감이고 그렇지 않고 하는 것이 판단된다. 그리고 그다음이 냄새다. 시각적인 것을 통해 호감을 느끼고 있었던 사람이라도 후각적인 것을 통해 비호감이 될 수가 있다. 악취를 맡은 후각은 신경에 커다란 거부반응을 일으킨다. 냄새는 우리에게 좋은 기분을 주기도 하고 불쾌한 기분을 주기도 한다. 잘 다려진 셔츠 냄새, 비누 향기, 꽃향기 같은 것은 누구나 좋아하고 그런 좋은 냄새를 맡게 됐을 때 기분은 좋아지기 마련이다. 하지만 담배 냄새, 음식물 쓰레기 냄새 같은 것은 누구나 좋아하지 않고 그런 냄새를 맡게 됐을 때 기분이 나빠진다. 깔끔한 용모를 갖추고 좋은 냄새를 풍기는 것은 상대방에게 호감을 이끌어 내는 기본적인 요소이다.

주변의 향기는 우리의 기분을 좌우한다. 좋은 냄새가 나는 공간에선 기분도 좋아지고 정신도 정화된다. 반대로 악취가 나는 공간에선 기분이 나빠지고 신경이 날카로워지며, 따라서 공격적인 성향으로 변하고 정신은 어지러워진다. 향기에 취한다는 말이 있는 것처럼 치명적으로 좋은 향기는 우리의 정신을 그곳에 빠트린다. 소설 『향수』는 현실적으로는 불가능한 결말이지만 실제로 향기는 그만큼 사람에게 치명적인 영향을 미친다.

4부

의(衣)에 대하여

인간이 다른 동물과 구별되는 건 입이 아플 정도로 많지만, 옷도 그중 하나다. 자연의 진화법칙에 의해 다른 동물들에게 털이 수북이 쌓이는 동안 인간은 다른 방법을 이용해 체온을 유지함으로써 생존을 이어갈 수 있게 됐다. 옷의 가장 중요한 역할은 추운 날씨로부터 우리의 체온을 보호해 주는 것이다.

과거 몸을 보호하기 위한 수단으로만 사용되던 옷은 이제 그 의미가 다양해졌다. 다양한 소재와 다양한 디자인, 색상으로 새로운 형태의 옷들이 탄생한다. 요즘은 의식이나 인식이 자유로워진 만큼 옷에도 별다른 규제 없이 개성이 드러나지만, 과거에 옷은 그 지역의 전통이나 풍습을 나타내기도 했다. 옷은 단순히 입기만 하는 개념을 진작에 벗어나 패션으로 자신의 개성과 색깔을 뚜렷이 드러냄으로써 자신의 외부적인 모습을 형성하고 완성한다. 옷에 신경 쓰지 않는 것 같은 사람도 다 신경 쓴다. 외출하기 전 거울을 보지 않고 나오는 사람은 없다.

식(食)에 대하여

인간 생활의 삼대 요소인 의식주 중에서도 으뜸을 꼽으라 하면 당연히 식(食)이다. 살기 위해선 먹어야 한다. 이왕 사는 거 즐기며 사는 게 좋고 한 끼를 먹어도 맛있게 먹는 게 좋다.

세상의 창조주는 우리를 살아가게 하는 지상의 양식들을 제공했지만, 인간은 거기에 만족하지 못하고 약육강식의 진리와 요리 등을 통해 새로운 먹거리들을 만들어냈다. 자연 그대로의 날 것으로만 인간의 식탐을 채우기엔 역시나 역부족이었다. 오랜 역사가 지난 지금 우리 주변엔 너무도 다양한 먹거리들이 생겨났다. 세상은 누군가에겐 지옥이고 누군가에겐 천국이다. 어디에선 먹을 것이 없어 굶어 죽어가는 사람들이 있는 반면, 어딘가에선 먹을 것이 넘쳐나 남은 음식을 버린다.

세상은 아주 오래전부터 상업화가 진행되면서 누구의 것도 아니었던 지상의 양식들이 이제는 모두 주인이 존재하게 되었다. 그래서 주인이 아닌 이상 뭐 하나를 먹어도 그만한 돈을 지불하고 사 먹어야 한다. 먹기 위해선 일을 하고 돈을 벌어야 한다. 번 만큼 먹을 수 있기 때문에 잘 먹기 위해선 잘 벌어야 한다. 잘 먹으면 그만큼 더 행복해진다. 삶의 여러 즐거움 중에서도 맛있는 음식을 먹었을 때의 즐거움은 으뜸이다. 사람들은 먹는 즐거움을 찾기 위해 새로운 요리들을 개발하고 만들어 낸다. 그리고 그것이 우리의 입맛을 사로잡는 순간 새로운 음식이 탄생하게 된다.

신은 과식과 건강에 직접적인 영향을 연결함으로 스스로에게서 절제를 이끌어 낸다. 음식을 유통하거나 파는 사람 중에서 못할 짓을 하는 사람들이 있다. 양심이 없는 사람들이다. 세상엔 정말 보이지 않는 많은 거짓이 숨어있다. 정의와 악, 그리고 진실과 거짓은 어느 하나로 치우치지 않고 계속해서 돌고 돈다. 아무렴 살아있는 모두가 잘 먹고 잘살 수 있는 날이 오길 기대하는 것은 바보 같은 생각이다. 만약 그런 날이 온다면 얼마나 좋겠냐만 신은 역시나 서로 대립된 것으로 균형을 유지하는 불평등한 조화를 깨려 하지 않을 것이다.

집의 존재는 세상 그 어느 곳보다 편한 안식처여야 한다. 아내의 눈치를 봐야 하는 곳도 아니고 부모와의 갈등으로 가출하고 싶은 마음이 생기는 곳이 돼서도 안 된다. 집의 형태는 다양하지만 무엇보다도 편하게 느껴지는 것이 제일이다.

집은 그 가정의 경제여건을 보여주는 표면적인 역할을 하기도 해서 집이 위치한 동네, 평수 등을 보고 형편을 으레 짐작하기도 한다. 꿈과 야망이 있는 사람이라면 누구나 좋은 집, 좋은 차를 원하고 실로 사람들은 그런 표면적인 면을 중시한다. 뭐든 적당한 게 좋듯이 집 또한 마찬가지다. 그 가족이 부양하고 있는 인원수에 따라서 필요 이상의 너무 큰 집이나 아등바등 사는 좁은 집보다 실용공간이 가득 찬 더 바랄 것이 없는 적당한 크기의 집이 좋다.

집의 구조와 형태도 시대에 따라서 조금씩 변화하기에 사람들은 거기에 맞춰 뒤처지지 않기 위해 이사를 다닌다. 물론 형편이 된다면 말이다. 건축은 늘 새로운 방면과 보다 더 나은 방면으로 새롭게 진화하고 경제 형편도 늘 일정치가 않은 것이라서 사람들은 자신의 상황에 맞는 조건에 맞춰 머무르기도 하고 옮겨 다니기도 하며 생활을 이어간다.

누군가 만들어준 완성된 집을 선택해서 사는 것과 자신이 원하는 집을 만들어서 사는 것엔 낭만의 차이가 있다. 자신의 집을 직접 구상하는 경우엔 집으로 자신의 일부를 표현한다. 자신이 꿈꾸던 것, 정신, 감각이 집에서 드러난다. 진짜 중요한 것은 모두 외부가 아닌 외부로부터 보호되는 자신의 집 안에 있다. 외부에선 보이지 않은 자신의 또 다른 진짜 모습을 집 안에서 보이고 사랑하는 가족, 자신이 그동안 살아왔던 흔적, 귀중품들, 자신의 냄새가 집 안에서 맴돈다. 그런 집을 사랑하지 않는 사람은 아직 자신이 오래도록 머무를 곳을 찾지 못한 사람이다.

환경에 대하여

오직 스스로 힘만으로 행할 수 있는 건 아무것도 없다. 모든 건 주변의 것들에 의해서 이루어진다. 이름만 들어도 감히 범접할 수 없을 것 같은 위인이 한 명 탄생하기까지 얼마나 많은 조건이 필요해야 할까? 백 년에 한 번 나올까 말까 한 인물, 천 년에 한 번 나올까 말까 한 인물이라고 하는 게 괜한 소리가 아니다. 그런 한 사람이 나오기까진 자신만의 탁월한 재능이나 굳센 의지뿐만이 아닌 그 시대, 그가 하는 일,

그 주변 사람들을 비롯한 온갖 주변의 것들의 영향이 어마무시하게 작용한다.

주변 환경이 그 사람에게 미치는 영향이 크기에 우리는 다른 사람을 볼 때 그 사람 자체를 보기보다는 그 주변의 것들을 먼저 보려고 하는 경향이 많다. 부모님이 뭐하시는 분인지, 어떤 일을 하는지, 어떤 집에 사는지, 돈이 얼마나 있는지, 이렇게 주변의 것들을 먼저 보려고 하는 습성은 잘못된 것은 아니다. 대개 거의 모든 사람이 그 주변 환경에 맞게 그만한 능력을 가지고 그만한 인품을 가지기 때문에 자신이 타인을 제대로 알려고 하기 전 그 주변을 먼저 보는 습성은 당연한 일이다.

낭중지추라고 빼어난 사람은 아무리 숨으려 해도 남의 눈에 드러나는 것처럼 빼어난 사람은 그 어떤 좋지 않은 환경이 주변을 감싸고 있다 하더라도 그 자신이 주변 환경을 바꿔버리기도 한다. 자수성가한 사람 중에서 크게 돈을 번 사람들을 보면 경제적으로 형편이 어려웠던 사람들이 많은데 그들은 그 가난했던 환경을 죽기보다 싫어해 그 환경으로부터 최대한 멀리 도망치려 했기 때문이다. 적당히 부유한 가정에 태어나 부족함을 느끼지 못하고 자란 사람들은 현재의 주변 환경에 크게 불평하지 않기 때문에 그만큼 큰 욕심이나 큰 꿈을 품지도 않는다.

누군가가 목표한 바를 이루기 위해선 먼저 그만한 환경을 조성해야 한다. 아무리 강한 자라도 본인의 의지만으로 이루어 내기란 참으로 힘든 일이다. 사람은 누구나 나약함을 지니고 유혹에 쉽게 흔들리기 때문에 목표를 설정하고 그 목표한 바를 이루기 전까지는 다른 모든 유혹이나 생각이 다른 곳으로 새어 나갈만한 루트를 차단하여서 하고자 하는 일만 할 수 있는 환경을 조성해야 한다.

적응에 대하여

사회 속에는 여러 가지 다양한 일거리들이 있고 어떤 일을 하느냐에 따라서 각자 다른 삶을 산다. 사람은 저마다 자신의 적성에 맞는 일과 그렇지 않은 일들이 있다. 어느 분야건 다방면으로 재능을 보이는 만능 체질도 있고 다른 일을 잘못하지만 한 가지 분야에 특출한 재능을 보이는 인재도 있다.

어찌 됐든 우리는 우선적으로 자신이 관심이 있고 조금이라도 능력을 보일 수 있는 일을 선택하고 또 그렇지 않은 경우엔 새로운 것에 부딪혀 보고자 자신과 전혀 무관한 일을 찾아가기도 한다. 이렇게 시작된 일에서 우리는 그 일과 또 그 일을 함께하는 사람들과의 적응을 필요로 한다. 자신이 하는 일에 적응하지 못하는 경우엔 스스로를 변화시켜 그 일과 가까워지게 하거나 스스로를 변화시킴에도 불구하고 도저히 적응되지 않을 때는 결국 자신이 적응할 수 있는 다른 환경을 찾아가야 한다.

우리가 그 주변 환경에 적응하지 못하게 되면 결국 자신을 주변 환경에 맞게 변화시키거나 그 주변 환경을 떠나야만 하는 두 가지 선택만이 주어진다. 적응이라고 하는 것은 아주 오래전부터 인류며 모든 생명체가 지니고 있던 감각이다. 우리는 생존을 위해 세상과 주변 환경 그리고 그 변화에 적응할 수 있는 감각을 지니고 있다. 적응력은 생존성에 직접적인 영향을 미친다. 살아남기 위해선 그 환경에 적응해야 한다. 학생이 학교생활에 적응하지 못하면 괴로워지면서 그곳을 떠나고 싶은 생각만 가득 차게 되고 마찬가지로 직장인이 회사에 적응하지 못하거나 군인이 군대에 적응하지 못하거나 하는 식으로 그 사람이 그가 속한 환경에 적응하지 못하면 괴롭고 힘들다. 떠나거나 자신을 변화시키거나 선택은 단 두 가지뿐이다.

성격이 쾌활하고 사교성이 좋은 사람은 사람들과의 관계에 있어선 걱정할 것이 없지만 일에 적응하지 못하게 되면 힘들어지고 반대로 일을 아무리 잘해도 사람들과의 관계에 대해 적응하지 못하게 되면 그 역시도 힘들어진다. 우리는 줄곧 날씨의 변화에 적응해 왔고 시대의 변화에 적응해 왔고 타인의 순간순간 변하는 성질에 맞춰 적응하는 등 많은 변화에 맞춰 적응해 왔다. 적응력은 곧 생존력이다.

조화에 대하여

이 세상은 상반된 것들로 인해 조화를 이룬다. 탄생이 있으니 죽음이 있고 서양이 있으니 동양이 있고 평등이 있으니 차별이 있고 남자가 있으니 여자가 있고 부자가 있으니 거지가 있고 과거가 있으니 미래가 있고 잘난 게 있으니 못난 게 있고 도시가 있으니 시골이 있고 좋은 게 있으니 나쁜 게 있고 느린 게 있으니 빠른 게 있고 슬픔이 있기에 기쁨이 있고 고통이 있으니 쾌락이 있고 행복이 있으니 불행이 있고 큰 게 있으니 작은 게 있고 긴 게 있으니 짧은 게 있고 1등이 있으니 꼴등이 있고 전쟁이 있으니 평화가 있고 더러운 게 있으니 깨끗한 게 있고 최고가 있으니 최악이 있고 천사가 있으니 악마가 있고 지휘가 있으니 노동이 있고 만남이 있으니 헤어짐이 있고 더하기가 있으니 빼기가 있고 특별한 게 있으니 평범한 게 있고 문제가 있으니 해결이 있고 법이 있기에 죄가 있고 젊음이 있으니 늙음이 있고 위가 있으니 아래가 있고 좌가 있으니 우가 있고 유가 있으니 무가 있다.

신은 세상의 조화를 위해 각자에게 서로 다른 재능을 주었으니 세상은 모든 상반된 것들로 인해 불평등하지만 완전한 조화를 이룬다.

통합에 대하여

이렇게나 제각각이고 저마다 다른 성질을 지니고 있는 개개인의 사람들이 통합된 사회의 한 구성원이 되기까지 얼마나 많은 다툼과 서로 다름의 차이를 극복하고 자기 뜻을 희생했을까.

우리는 태어나면서부터 한 가정이나 국가를 비롯한 어느 집단 아래로 속한다. 그 말은 즉, 우리는 태어나면서부터 온전한 자신만의 삶을 만끽할 수 없다는 것이다. 우리는 결국 자신이 행하고자 하는 삶의 방향에 있어 이미 세상에 나와 있는 것들 앞에 자신의 뜻을 희생하고 양보해야 하는 사명을 쥐고 태어난다. 우리는 그 무엇에도 구애받지 않는 하나의 사물이 될 수 없다. 우리는 과거 역사 속의 합과 분의 연속을 통해 굳어져 현재 세상에 통합된 어느 집단 아래서 자라나게 된다. 우리는 신의 자식처럼 만들어지는 존재가 아니기에 이미 정해져 있는 국가 안에서, 가정 안에서 태어나는 존재다. 그것은 선택할 수 있는 문제가 아니다.

우리는 태어남과 동시에 통합된 하나의 사회 속에서 자라나게 된다. 제아무리 자유민주주의 국가라 하더라도 그 나라만의 법이 있기 마련이고 자유분방한 가정에서 태어났다 하더라도 그 주변 환경 속에 가둬지기 마련이다. 세상의 안정을 바로잡기 위해선 서로의 화합으로 이루어진 통합이 필요하다.

경계(境界)에 대하여

세상에는 보이지 않는 많은 경계가 존재한다. 눈에 보이지는 않지만 우리는 무의식적으로 그 경계들을 인지하며 살아간다. 경계는 나뉘기 때문에 생겨난 것이지만 허물어지기도 한다. 언젠간 세상의 많은 경계가 허물어져 혼돈의 시대가 오는 날도 있을 것이다. 과거 계급사회에서 사람들은 신분제도를 도입해 양반이니 천민이니 하는 것들로 경계를 나누었지만 현재는 그런 계급사회가 없어짐으로 인해 신분이 사라져 모두가 같은 자유를 누릴 수 있는 사람이 되었다. 그런데 계급사회가 사라졌다고는 하지만 아직도 이 사회에서는 보이지 않는 경계가 존재한다. 사람은 경제적인 조건이나 직업적인 조건들로 인해 생활하기에 그에 따른 어울릴 사람들이 나뉘게 된다. 사람은 사람을 먼저 보지 못하고 그 주변의 것을 먼저 본다.

몇몇 위대한 사람들에 의해서 과거에 비해 날이 갈수록 많은 경계가 허물어져 가는 모습이 보인다. 귀천이 허물어지고 인종 간의 경계가 허물어지고 생활이나 수준의 경계 또한 허물어진다. 앞으로 세상에 어떤 일들이 일어날지에 대하여 누가 알기나 할까. 아직도 존재하는 세상 어떤 보이지 않는 경계들이 언제 또 허물어질까. 세상이 언제 다시 제자리로 돌아갈지 누가 알까.

애초에 세상의 모든 만물은 그 누구의 것도 아니었다. 모든 것에 주인이 없었고 모든 것에 자유로웠다. 그런데 시간이 오래 흐른 지금 네 것과 내 것, 우리의 것과 너희의 것으로 모든 것이 나뉘어 있다. 경계는 경계하는 마음 때문에 생겨난다. 서로가 서로를 경계하는 마음이 경계를 만든다. 서로가 서로에 대해서 알 수 없는 불안함이 경계를 친다. 자기 것을 지키고 싶은 욕심이 경계를 만든다. 인종은 나뉠 수밖에 없는 것이었고 국가는 나뉠 수밖에 없는 것이었다. 저마다의 차이로 나뉘는 것들은 나뉠 수밖에 없는 것이었다. 그 나뉘는 것들 속에서 화합하고 통합되는 것들은 다행스러운 일이다. 지켜져야 할 경계가 있고 허물어져야 할 경계가 있다. 섞여야 할 것은 섞이되 나뉘어야 할 것은 나뉘어야 한다. 그 기준은 없으며 그것은 오직 마음으로 나누는 것이다.

건강에 대하여

많고 많은 재산 중에서 건강이야말로 가장 으뜸이니 삶이 풍요로워질 수 있는 첫 번째 조건은 건강한 사람이 되는 것이다. 제아무리 돈이 많고 주변이 풍요로운 사람이여 봐야 자기 자신의 건강을 지키지 못하는 사람이라면 그 삶을 풍요롭다고 느끼기 힘들다. 몸이 아프게 되면 기력, 정력, 식욕, 성욕 등 모든 활동하는 힘이 감퇴해 버려서 아무것도 하기 싫어지게 되고 할 수 없게 된다. 그렇다고 건강만 하다고 해서 그 삶이 풍요로워지는 것은 아니니 건강을 가장 첫 번째로 생각하되 삶이 풍요로워질 수 있는 다른 조건들에 대해서도 힘을 써야 할 것이다.

신체가 어디 하나 아픈 곳이 없이 건강한 상태에 있을 때는 그것이 당연한 줄 알지만 어디 한 곳이 아프게 되면 그 당연했던 것이 참으로 감사했던 것인지를 알게 된다. 그러니 건강은 건강할 때 지켜야 한다. 질병이란 바로 나타나는 것이 아니라 쌓이고 쌓인 것이 어느 한순간에 몸에 반응을 일으켜 감각으로 전달되기 때문에 꾸준한 건강관리를 하지 못하면 어느 한순간 자신의 건강에 치명타를 입게 될 수도 있다.

사람에게는 정말로 뭐든 적당한 게 좋다. 건강을 유지하기 위해서 적당히 운동하고 적당한 식사량을 조절해야 한다. 사람이 나이가 들어가면 본능적으로 자기 자신에게 필요한 운동이 무엇인지를 알게 되고 섭취해야 하는 음식이 어떤 음식인지를 느끼게 된다. 몸이 건강하면 정신도 따라 건강해지고 마음의 평온이 찾아와 소소한 것에 행복을 찾을 수 있게 된다. 반대로 몸이 건강하지 못하면 정신도 따라 쇠약해져서 모든 게 어둡고 무겁게 느껴질 것이다. 행복이며 기쁨이며 모든 근원은 건강한 상태를 기초로 해서 시작된다. 부를 물려받지 못했더라 하더라도 건강을 물려받았다면 그것에 감사해야 한다. 몸이 아픈 부자보다 건강한 거지가 더 낫다는 말은 맞다. 아무렴 거지가 건강만 하다고 해서 뭐가 좋겠느냐만 그만큼 건강이 소중하다는 뜻이다. 건강한 사람은 그 건강한 정신으로 자신을 행복한 사람으로 만들 수 있다.

성공의 조건 중 하나는 다른 사람에게서 공감을 얻어 내는 것이다. 가끔 시대를 너무 앞서갔다는 말들이 나온다. 그가 아무리 특출나더라도 그 시대나 주변 사람들에게서 공감을 받지 못하면 살아생전에는 성공을 거둘 수 없는 것이다. 훗날 그의 사상이나 작품이 죽어서 빛을 발한다 하더라도 후세에 영향을 미칠 뿐 자기 자신에게 얻어지는 것은 무엇 하나 없다.

천재가 인류 역사에 한 획을 그을만한 이론 하나를 발견했는데 그것을 이해하는 사람이 아무도 없어 증명되지 않는다면 아무 의미가 없게 된다. 결국, 사람은 사람들 속에서 살아간다. 아무리 뛰어난 사람이라도 결국은 사람이라 사람들에게 인정받지 못하면 아무짝에 쓸모없게 된다. 자신이 최고고 자신이 잘났고 자신은 그 무엇과도 비교할 수 없는 유일한 사람이라고 주문을 외우는 사람들이 있다. 그런데 현실은 사람들에게서 외면을 받는다면 그게 그 사람의 능력인 것이다. 정말 자신이 능력 있고 잘난 사람이면 그 능력으로 다른 사람을 이해시키고 공감을 끌어낼 줄 알아야 한다.

시대를 잘못 만났다고 하는 사람들이 있다. 그럼 그는 그 시대를 이해하지 못하는 부족한 능력이 있는 것이다. 사람이 어떻게 서로 소통이 가능한가? 그것은 서로 이해하고 공감하기 때문이다. 같은 언어를 사용하는 사람끼리도 서로가 적대적 모순 관계에 서 있다면 서로 자기 말만 하느라 전혀 대화가 되지 않는다. 서로의 생각이나 사상이 이치에서 벗어나 공감하는 게 없으면 섞일 수 없게 된다. 우리가 자신이 아닌 다른 사람을 통해서 눈물을 흘리고 웃음을 지어 보일 수 있는 이유는 그 입장을 공감하기 때문이다.

공감이 없이는 아무것도 느낄 수 없다. 너와 내가, 부모와 자식이, 여당과 야당이, 나라와 나라 간의 경계를 무너트리고 좀 더 가까워질 방법은 서로가 공감하는 것이다. 서로를 이해하지 못하고 공감하지 못하는 사람끼리는 되도록 멀리 떨어져 지내는 것이 좋다. 그런 사람들끼리 함께 어울려 있어 봐야 일어나는 건 싸움뿐이다. 사람은 저마다 다 달라서 나와 다른 모든 사람을 이해하고 공감할 수는 없다. 하지만 그러기 위한 노력은 할 수 있다. 다른 사람의 입장이 되어 보고 그를 이해하기 위해 노력한다면 어느 정도 공감할 수도 있을 것이다.

현자는 그런 사람이다. 모든 이를 이해할 수는 없지만 이해하기 위해 노력한다. 본인의 이상과 어긋나거나 부당한 상황을 봐도 그럴만한 이유나 상황이나 뭔가가 있었을 거라며 먼저 자신의 입장이 아닌 남의 입장을 먼저 이해하기 위한 노력을 한다. 세상에 그런 현자들이 많으면 좋으련만 주변은 온통 자신을 먼저 생각하는 고집쟁이들뿐이다.

지루하고 변화 없는 일상과는 달리 뉴스는 매일같이 새로운 사건들을 쏟아낸다. 야생에서 맹수가 사냥하기 위해 먹이를 찾아 나서듯 기자들은 일상 속에서 새로운 사건들을 찾아 나선다. 그들에겐 그것이 일이며 맹수가 먹잇감을 찾지 못하면 굶어야 하듯이 기자도 새로운 사건을 찾아내지 못하면 굶어야 한다. 그래서 그들은 쓰레기통을 뒤지는 고양이처럼 곳곳을 뒤져 사건을 찾아내고 사건이 없을 땐 종종 거짓된 사건을 만들어버리기도 하며 해당 관계자에게 뒷돈을 받고 사건을 묻기도 한다.

뉴스는 우리에게 새로운 소식과 사건들을 제공함으로써 내 주변에서 일어나지 않은 많은 이야기를 들려준다. 뉴스 또한 많은 사람이 관심을 가질만한 이슈성이 요구되기 때문에 주로 자극적인 기사들이 많이 올라온다. 그중에 대부분은 좋지 않은 사건과 이야기들뿐이다. 뉴스는 또한 그 인물이나 사건의 구체적인 부분들은 조금씩 다르나 영원회귀처럼 같은 사건들이 일어나고 반복된다. 10년 전이나 100년 전이나 살인사건과 성추행을 비롯한 온갖 범죄들은 끊이지 않고 일어난다. 그리고 그래선 안 되겠지만, 앞으로도 계속해서 일어날 것이다.

뉴스를 보면 뭐 하나 좋은 소식 없이 죄다 안 좋은 일들뿐이다. 그리고 우리는 그런 기사를 보며 인상을 찌푸리며 괜한 마음을 쓴다. 많은 사람은 어떤 사건에 대하여 마치 자신과 연관된 일인 것처럼 감정이입을 하여 괜한 마음을 쓰는 경우가 있는데 자신이 그렇게 마음 쓴다고 해봐야 그 사건의 해결에 조금도 도움이 되지 않으니 괜한 시간을 낭비하고 있는 것이다. 차라리 그러는 시간에 자기 일이나 하나 더 하는 게 낫다. 국회의 부정부패나 대기업의 비자금이 발각되거나 하는 일은 신경 쓰지 않아도 그쪽 계통에서 일하는 사람들이 알아서 사건을 찾아내고 해결할 것이다. 정말 자기 일에 긍지가 있고 자부심이 있고 미친 사람들은 세상이 어떻게 돌아가나 신경 쓰지 않고 자기 일만 한다. 그들은 세상이나 다른 사람들에게 눈 돌릴 틈이 없이 자기 일 하느라 바쁘다. 대부분 할 일 없는 사람이나 아니면 할 일이 없을 때 기사를 보며 거기에 마음을 쓴다. 매일, 매시간, 매 순간 쏟아지는 기사들은 흥미를 이끌어 내고 정신을 뺏어간다.

스마트폰은 인간을 신으로 만든다. 신이 아니고서야 어떻게 한 손바닥으로 세상을 들여다볼 수 있겠는가. 똑똑한 많은 연구원들이 어떻게 하면 사람들이 좀 더 편하고 쉽게 생활을 할 수 있을지에 대하여 연구하고 있다. 그리고 그 연구의 결과물은 우리 삶에 직접 침투되어 삶을 보다 더 편리하게 만든다.

연구원들은 복잡한 것을 간단하게 만드는 연구를 한다. 그리고 그 대표적인 것엔 스마트폰이 있다. 스마트폰의 등장은 혁신이다. 핸드폰으로 인터넷을 할 수 있다는 건 정말 충격적이다. 핸드폰은 그 짧은 역사가 무색할 정도로 정말 빠르게 많은 혁신을 만들어 냈다. 인간의 적응력은 놀라운 혁신들이 무색할 정도로 그것이 마치 태초부터 있었던 양 자연스럽게 받아들인다.

처음 핸드폰은 선 없이 통화할 수 있다는 것 자체만으로도 놀라운 등장이었지만 사람은 거기에 만족하지 못하고 작은 핸드폰 안에 새로운 것들을 하나씩 더 추가했다. 스마트폰의 등장으로 더 이상 귀찮게 mp3를 함께 들고 다닐 일이 없어졌다. 카메라가 내장된 것으로도 모자라 화질이 좋아지면서 더 이상 무거운 카메라를 들고 여행 갈 일이 없어졌다. 일상생활에서 모르는 것을 찾아보려고 귀찮게 컴퓨터를 켜거나 책을 찾아보지 않아도 된다. 한 손바닥 안에 들어오는 작은 화면 안에 우리가 궁금해하는 거의 모든 것이 들어있다. 이 하나로 삶엔 많은 변화가 찾아왔다. 과연 고대 위인들이 이런 혁신적인 제품을 사용했더라면 어떤 반응을 보이고 어떤 말들을 남겼을까. 현존하는 스마트폰만으로도 큰 불편함을 느낄 수 없지만 많은 연구원들이 지금보다 더 편리한 생활을 추구하기 위하여 보다 더 혁신적인 것들을 생각하고 개발하고 있다. 사실 이만하면 됐다 싶어도 개발과 연구를 멈출 수 없을 것이다. 기업은 유지와 수익창출을 위해 계속 신제품들을 출시해야만 하는 환경에 처해있다. 그리고 그런 환경 속에서 실로 우리에게 보다 더 필요한 제품들이 탄생한다.

언어에 대하여

언어의 창조, 그 속에서 태어난 문자, 오가는 사람들의 말들로 이루어지는 세상, 각국의 다양한 언어들, 언어의 신비함, 위대함, 그 탄생을 알 수 없는 오래된 역사, 그리고 변화, 마치 언어가 태초부터 탄생한 것인 듯 아무렇지도 않게 느끼는 것, 새로 발견한 물질, 새로 태어난 사람, 거기에 붙여주는 새로운 이름, 동사, 명사, 형용사, 역시나 그랬듯 신은 오랜 역사로 탄생의 진실을 숨겨버리고 여러 학자는 그 궁금증을 풀어내기에 정신을 쏟는다. 역시나 평범한 사람들, 세상에 나와 있는 모든 것이 처음부터 자기를 위한 것인 양 궁금해하지도 않고 고마운 줄도 모르며 아무렇지 않게 받아들이는 사람들, 어쩌면 그들보다 더 미련한 나와 같은 사람들.

언어의 탄생, 그리고 소멸, 끊임없이 이어지는 대화들, 감동을 주는 말, 쓸데없는 말들, 말, 말, 그리고 또 말. 아름다운 말, 욕, 저마다의 목소리, 저마다의 억양, 사투리, 노래 가사, 상처가 되는 말, 상처를 치유하는 말, 용기를 주는 말, 용기를 꺾는 말, 말하는 사람들, 소통하는 사람들, 말뿐인 사람, 자기 말은 꼭 지키는 사람, 말 한마디로 천 냥 빚을 갚는 사람과 한 번의 말실수로 돌이킬 수 없는 지경에 이르는 사람, 말 속에 태어나고 말 속에 사라지는 것들.

언어가 없었다면 지금 세상에 존재하는 거의 모든 것들은 존재하지 않았을 것들이다.

세상은 많은 거짓들로 뒤덮여있다. 거짓은 모든 악덕 중에서도 가장 으뜸이다. 왜냐면 온갖 거짓들이 세상을 어둡게 만들고 있기 때문이다. 거짓된 자들이 세상을 흐리게 만든다. 그 어떤 악행도 거짓을 따라갈 것은 없다. 거짓을 자주 남발하는 자들은 스스로 신용을 떨어트림으로써 남들에게 불신을 사고 중요한 순간이 왔을 때 어떤 도움도 얻지 못하게 되는 경우가 있다.

거짓이라고 해서 무조건 나쁜 것만 있는 것은 아니다. 선의의 거짓도 있으며 농담으로라도 거짓은 하지 말라는 안창호 선생님의 말씀과는 달리 친구들과의 자리에서 가벼운 거짓 농담 정도는 분위기를 살리고 웃음을 유발하는 좋은 역할을 하기도 한다. 그렇다고 또 정도를 모르고 허구한 날 하다간 신뢰를 잃게 되는 경우가 있으니 절제와 조절이 필요하다.

부는 부를 낳고 가난은 가난을 낳는 것같이 하나의 거짓은 또 하나의 거짓을 낳는다는 하렌스의 말은 맞다. 어떤 사건을 감추기 위해 당장 사건을 밝히지 못하고 거짓으로 덮게 되면 그 거짓 주변엔 또 다른 거짓들이 생겨난다. 불완전한 인간은 이미 그 안에 거짓된 마음들을 지니고 있기에 진실된 마음과 양심으로 거짓과 싸워 간다.

오랜 역사 속에서 우리는 언제나 진실과 정의를 쫓아왔지만, 그 끝을 알 수 없이 세상은 아직도 이렇게나 거짓으로 뒤덮여 있다. 사람이 살기 위해 발버둥 치는 모습들 속에서 온갖 아름다운 것이며 추악한 것이며 진실된 것과 거짓된 것들이 탄생한다. 세상에 아직도 존재하는 많고 많은 거짓을 뿌리 뽑는다는 것은 맨손으로 나무 한 그루를 뽑아내는 것만큼이나 불가능에 가까운 일일지도 모른다. 어쩌면 거짓은 존재할 수밖에 없는 것일지도 모른다. 착하고 올바른 사람들만 모아놔도 그 안에서 거짓은 생겨날 수 있다. 모든 건 자기 생각하기 나름이듯이 악의적인 거짓을 저지르고도 양심의 가책을 느끼지 못하는 사람들이 있다. 아무렴 참된 사람이 되고 스스로 인생을 부끄럽지 않게 살아가고 싶다면 거짓을 멀리해야 할 것이다.

참에 대하여

참된 사람은 누군가가 그 사람의 이름과 존재를 알고 있는 것만으로도 자랑스럽게 여기는 상태에 이르게 한다. 그만큼 참된 사람은 누군가에게 추종을 받고 좋은 스승이 되며 좋은 롤모델이 된다. 참된 사람이 되기 위해선 누구보다도 자기 자신과의 싸움을 많이 하게 된다. 자기 자신 안에 있는 악한 생각과 감정, 나약하고 그릇된 사고와 판단에 대하여 끊임없이 고찰하고 개선하기 위한 노력을 한다. 사람이 생을 살아가며 실수하지 않고 후회 없는 삶을 피해가기란 정말로 어려운 일이다. 하지만 참된 사람은 이러한 실수와 후회를 가슴 깊이 새기고 이를 기반으로 자신에게 채찍질하며 두 번 다시 같은 실수와 후회를 남기지 않게 스스로 개선해 나가는 노력을 한다.

참된 사람은 결코 거짓이 없다. 그들은 1급수 물처럼 속 깊은 곳마저도 훤히 들여다보이는 맑은 사람들이다. 그들은 말하는 것이 곧 법이 되는 소크라테스의 경지에 이르게 되고 많은 사람에게 영향을 주며 존경을 받고 죽어서도 기억된다. 그들은 인생의 어두운 면을 모두 경험하였으면서도 어린아이처럼 순수한 영혼을 잃어버리지 않고 자신의 가치를 들추려 하지 않으며 한없이 겸손하다.

거짓됨을 멀리하는 것, 그것이 참으로 이르는 가장 첫 번째 관문이다. 거짓을 멀리해야 한다. 그것은 악덕 중의 악덕이며 세상을 어둡게 만드는 가장 큰 역할을 하는 악마와도 같은 것이다. 보석을 발견하기 위해선 먼저 그 주변의 흙과 이물질들을 걷어내야 하는 것처럼 사람의 참된 가치를 보기 위해선 먼저 그 주변 환경을 걷어내야 한다.

나는 생각한다. 고로 존재한다.

– 데카르트

사람을 이루는 여러 요소들, 성격, 외모, 습관, 직업, 주변 환경을 뒤로하고 무엇보다도 한 사람을 이루는 가장 절대적인 요소는 그 사람이 지닌 생각이다. 생각이 말과 행동을 만들고 생각이 습관을 만들고 생각이 성격을 만들고 생각이 사람을 만든다. 생각하는 게 곧 그 사람이 된다. 평소에 무슨 생각을 하는지에 따라서 그 생각이 그 사람을 형성해 간다.

생각 없이 잘 사는 사람이 있는 반면에 고뇌하며 괴롭게 사는 사람도 있다. 생각을 많이 하진 않지만, 실용적인 생각만을 하는 사람이 있는 반면에 많은 생각을 하지만 쓸데없는 생각을 하는 사람도 있다. 사람의 생각은 머릿속에서 단어와 문장을 만들어 낸다. 그런데 애초에 단어와 문장이라는 것은 사람이 생각해 내서 만들어 낸 것이다. 그런데 우리는 이제 생각할 때 알고 있는 단어와 문장들, 그리고 언어의 범위 내에서만 생각한다. 아이러니한 일이다. 생각이 어느 곳에 깊이 빠지게 되면 거기서 헤어 나오기란 보통 쉬운 일이 아니다.

사람이 사는 세상 모든 것은 생각이 지배한다. 옥죄고 있는 법규도, 선하다 여기는 것도, 악하다 여기는 것도, 가치 있다고 여기는 것과 보잘것없다고 여기는 것도 그 모든 것은 생각이 정하고 판단한다. 생각이 세상을 지배한다. 생각이 자신을 지배하고 자신이 생각하는 게 자신이 바라보는 세상이 된다. 세상은 모든 생각들로 이루어진다. 사람은 저마다 생각이 깊고 얕으며 그것이 우리 눈에 보이지는 않지만, 행동이나 말하는 것에서 드러난다. 다르게 생각하는 만큼 다른 가치관을 가지고 다른 삶을 산다. 세상 살아가는 건 모두 자기 생각하기 나름이다.

상상에 대하여

세상에서 가장 위대하고도 놀라운 것 중 하나는 인간이 상상해 내는 것이다. 신이 세상을 창조해 냈다면 인간은 세상에 없던 것을 창조해 낸다. 상상은 어디서 영감을 받고 생겨나는가?

우리의 상상은 무언가가 필요할 때 자극을 받아 나타나는 경우가 많다. 무언가를 상상하는 데는 반드시 그 상상력을 자극할만한 어떤 원동력이 존재하기 마련이다. 상상력이 무한한 사람들은 무엇 하나 그냥 지나치는 법이 없이 그 대상 앞에 물음표를 내던진다. 상상은 언제나 설레고 즐거운 것이다. 상상은 세상에 없던 것을 창조해 내는 유쾌한 힘을 지녔다.

세상에 모든 창조물은 처음에 어떤 논리도 뒷받침 없이 상상을 기반으로 하여 탄생하였다. 현재 우리는 과거에는 상상조차 하지 못했던 세상 속에 살아가고 있다. 상상이 곧 현실이 되는 순간 그것은 새로운 탄생을 의미하며 경이로움을 불러온다. 세상에 존재하지 않았던 것 중에서 자신의 머릿속에서 그려낸 것을 현실 밖으로 끄집어냈을 때의 전율이란 얼마나 짜릿할까. 건축가며 예술가며 발명가며 세상에 없던 것을 그려내는 사람들. 우리는 그들이 만든 세상 속에서 살고 있다.

상상의 힘은 위대하다. 상상은 모든 창조의 시발점이다. 상상은 재밌고 유쾌하고 신난다. 우리는 상상 속에서 꿈꾸던 삶을 살 수 있다. 그리고 그 상상을 실현해 내기 위해 열심히 살아간다. 우리는 지독한 현실 속에서 각자의 상상 나래를 펴 멀리 도망친다. 그곳에는 현실과 반대되는 온갖 밝고 희망찬 것들이 존재한다. 우리는 그곳으로 가고 싶어 한다.

실제로 깊이 들여다보면 기대했던 것과는 너무 다르거나 별거 아니어서 허무하게까지 느껴지는 것들을 우리는 아무것도 모르는 상태에서 어렴풋이 보고 어렴풋이 들으며 그 대상에 대해 많은 환상을 그리게 되고 그것을 좀 더 또렷이 알아가면서 환멸을 느끼게 된다. 여자들은 저마다 아름다운 얼굴로 남자들에게 환상을 심고 본래의 성질을 보이며 환멸을 느끼게 한다. 어른들은 어린아이들에게 많은 환상을 심어준다. 어려서부터 심어진 환상은 어른이 되어 깨져도 오랫동안 기억 속에 남는다.

우리는 스스로 잘 알지 못하는 것에 대하여 자기 나름대로 환상을 그리고 그것이 실제의 그림과 아주 비슷하거나 일치하게 되면 좋아한다. 우주, 이성, 직업, 여행, 사랑, 자연, 꿈, 인생 등에 대한 우리가 잘 모르는 것들에 대하여 환상을 가지지 못한다면 그 대상에 대한 관심도 호기심도 없어 알아가려 하지 않을 것이다. 어떤 대상에 대하여 절반의 앎과 절반의 환상을 지니고 있는 것이 좋다. 너무 잘 알아버리게 되면 그 대상에 대한 본인의 관심과 기대치가 저 아래로 내려가게 되고 아무것도 몰라 너무 환상만 지니고 있으면 현실감각을 잃어 생활하는 데 불편을 겪게 될 수가 있다.

한 번뿐인 인생을 살아가며 사람 누구나가 멋진 인생을 살다 가고 싶어 한다. 멋진 집에 살길 바라고 멋진 차를 타길 바라고 멋진 배우자를 옆에 두길 바란다. 그러므로 남들에게 멋있게 비치고 싶어 한다. 멋이라고 하는 것은 대개 외부로 비친다. 내면의 멋이라고 하는 것도 결국은 그 내면을 겉으로 드러내야 하는 것이다.

저마다 사람들은 각자의 멋을 지니고 있다. 누구는 말을 잘해서 멋있고 누구는 악기를 잘 다뤄서 멋있고 누구는 외국어에 능통해서 멋있고 누구는 옷을 잘 입어서 멋있다. 그리고 저마다 직업 또한 각자의 멋을 지니고 있다. 정치가도 연예인도 운동선수도 사업가도 의사도 시장에서 물건을 파는 상인도 현장에서 먼지를 뒤집어쓰며 일하는 노동자도 저마다의 멋이 있다. 20대의 얼굴은 자연이 준 축복이지만 50대의 얼굴은 스스로 만들어 낸 공적이라는 샤넬의 말처럼 사람은 나이를 먹어가면서 자신만의 뚜렷한 개성과 색깔을 나타내며 멋을 만들어 간다.

주변이 아무리 돈이 많고 호화스러워도 사람이 찌질하면 그 주변의 것들까지 못나 보인다. 멋은 중요하다. 우리가 이루려 하는 모든 행위는 이 멋에 다가가기 위함이다. 성공하려는 야망도, 돈을 많이 벌고 싶은 욕심도, 이성의 외모를 따지는 이유도 결국은 모두 자신을 멋져 보이게 하기 위함이다. 유재석이 최고의 위치에서 최대의 겸손을 보이는 이유도 그 모습이 자기 멋인 줄 알기 때문이다. 르 코르뷔지에는 현대 건축을 창조해 냈음에도 죽기 전까지 소박한 통나무집에서 살았다. 그런 모습들 속에는 국회의원이 선거 전에 서민행세를 하는 모습을 보이는 것과는 완연한 차이가 있다. 사람은 누구나 현재 자신의 멋을 찾아야 한다. 학생은 학생만의 멋이 있고 군인은 군인만의 멋이 있듯이 자신은 자신만의 멋이 있다. 자신의 멋을 찾아야 한다. 자신의 옷을 입고 자신의 말투를 쓰고 자신의 걸음걸이를 가져야 한다. 자신을 가져야 한다.

이름에 대하여

대부분 사람은 한 번 정해진 이름으로 평생을 산다. 이름이 인생에 미치는 영향이 전혀 무관한 사람이 있는 반면에 상당히 많은 부분을 차지하는 사람도 있다. 깊은 뜻을 품고 있는 이름도 있고 그렇지 않은 이름도 있고 이름에도 형태가 있어서 잘생기고 예뻐 보이는 이름이 있고 그렇지 않은 이름이 있고 부르기 좋은 이름이 있고 그렇지 않은 이름이 있다.

이름은 그 시대에 따라서 보편적인 형태가 변하기도 하며 낯익지 않은 전혀 새로운 이름이 나타나기도 한다. 한 번뿐인 인생에 자신을 표현하는 가장 고유적인 것이 이름인데 이왕이면 좋은 뜻을 품고 자신에게 어울리며 남들에게 편하게 불릴 수 있는 이름이 좋다.

이유에 대하여

모든 행위에는 다 이유가 존재하기 마련이다. 이유 없는 행위는 존재하지 않는다. 모든 일에는 일어나는 이유가 있다. 모든 문제는 그 이유 속에서 해답을 찾아야 한다. 이 사람은 이렇게 살고 저 사람은 저렇게 살고 각자가 다 그렇게 사는 데는 다 그만한 이유가 있다. 내가 왜 그랬을까 하는 일들도 아무 이유 없다고 하는 일들도 다 이유가 있다.

문제를 해결하기 위해서는 먼저 문제를 인지해야 하고 문제를 알았다면 그 문제가 있는 이유를 알아야 한다. 무엇을 예로 들어야 할지 모를 정도로 정말 많은 문제가 있지만, 예를 하나 들자면 아무 이유 없다는 묻지 마 범죄 같은 경우에 피해자가 피해자여야만 했던 이유를 묻는다면 단순히 재수가 없었다는 것이 이유가 될 수도 있다. 그리고 나머지 수많은 문제는 피의자가 가지고 있는데 피의자가 피해자에게 아무런 악감정과 이유 없이 범행을 저질렀다고 하였을 때 그 범행 자체에는 이유가 없을지 모르지만 그를 악질 범죄자로 만들었던 그가 살아온 주변 환경과 주위 사람들의 핍박에 대한 자괴감에서 피어오른 악의 기질 같은 것이 있었을 것이다.

사랑을 받는 사람들은 이런 악의 모습을 보이지 않는다. 그를 범죄자의 기질로 만들었던 건 결국 그 자신의 잘못도 배제할 수는 없지만, 주변 환경의 영향이 컸을 것이고 거꾸로 다시 얘기하면 그런 악의 모습이 형성되었을 때 결국은 누군가에겐 자신의 분노를 범행으로 표출해야만 했고 피해자는 안타깝게도 그중 한 명인 것이 이유인 것이다. 이렇듯 모든 일에는 이유가 있다. 만약 피의자가 주변의 좋은 사람들 속에서 사랑받고 자랐더라면 피의자의 기질을 보이지 않았을 것이고 그에 따른 피해자도 생겨나지 않았을 것이다.

이러한 것이 이유와 그에 따른 해답이다. 우리는 모든 문제에 있어 '왜'라는 질문을 내던져야 하고 그 문제에 따른 해답을 찾기 위해 이유를 따져봐야 한다.

인종은 크게 그 피부색에 따라 백인종 황인종 흑인종으로 나뉜다. 우리는 모두 같은 사람임에도 불구하고 사람과 동물에게서 차이를 느끼는 것처럼 서로 다른 인종에게서 차이를 느낀다. 하지만 이 인종의 차이를 느끼는 이유는 단지 시각에서 전해지는 색감에 대한 차이뿐만 아니라 신체적인 구조나 더 나아가 과거 뿌리에서부터 전해져 오는 문화적 차이에 대한 어떤 괴리감도 있을 것이다.

동양인 속에 서양인이 섞여 있고 또 백인들 속에 황인이 섞여 있는 모습을 보면 여전히 낯설기만 하다. 아무리 세계화가 진행되고 과거에 비해 인종 간의 경계가 많이 허물어졌다고는 하지만 서로 다른 인종 간의 어울림이 자연스럽게 보일 수는 없다. 아주 오랜 세월이 지난 후 그런 날이 올 수도 있겠지만, 지금이 그런 시대는 아니다. 서로 다른 인종은 그 두뇌와 신체구조에 의한 운동신경, 다른 것을 느끼는 감각과 풍겨 오는 냄새 등이 선천적으로 다르다. 그 다름은 자연적으로 차별을 만들어 낼 수밖에 없다.

인종차별을 옹호하는 입장은 아니지만 어떤 사건이 일어나는 데는 다 그만한 이유가 있다. 외모차별, 인종차별 모두 당연히 생겨날 수밖에 없는 것이다. 사람이기 때문에 당연히 못

생긴 사람보다는 잘생기고 예쁜 사람을 좋아할 것이고 사람이기 때문에 자기와 같은 유전자나 자신보다 우월하다고 느껴지는 유전자에 당연히 끌려야 한다. 아무리 세상을 향해 인종차별, 외모지상주의를 울부짖어봐야 그것을 바라보는 사람의 본성은 변함이 없다.

우리가 정말 탓해야 한다면 그것은 사람이 아니라 세상의 구조와 흐름을 그렇게 만들어버린 신이다. 아주 많은 사람이 자신이 범한 행동은 무심코 지나쳐 버리면서 자신이 당하는 부당한 대우에 대해서만 억울함을 호소한다. 그 또한 인간의 선천적인 이기심이다. 그건 그 사람 자체의 잘못이 아니라 사람 그 자체의 잘못이다. 신이 인간을 잘못 만들었다. 부당함은 그 상황이나 여러 조건에 따라서 맞서 싸워야 하기도 하지만 받아들여야 하는 것도 있다.

난 다른 인종의 사람들이 나의 모습을 편견으로 바라본다면 당연하게 받아들이고 그러려니 하는 성격이다. 왜냐면 신이 사람을 그렇게 만들었으니까. 난 그런 부당한 대우에 대해서 맞서 싸울 필요성을 느끼지 못한다. 그 사람이 나를 그렇게 바라보는 데는 그만한 이유가 있는 것이다. 인종에 대한 편견, 그것에 대한 차별. 외모에 대한 편견, 그것에 대한 차별. 당연히 생길 수밖에 없는 시선들, 그것을 벗어날 수 있는 건 자신 스스로 자기 자신의 진짜 모습을 내보이면 되는 것이다.

사람은 누구나 죄라고 할만한 성질이 잠재되어 있다. 우리는 사회와의 타협을 위해 이성적 판단으로 하여금 그 성질을 잠재운다. 견물생심이라고 누구나 눈앞에 금전이나 금전적 가치가 될 만한 물건이 보이면 주인을 찾으려는 노력보다는 자기 주머니에 넣기에 십상이고 자기 기분을 언짢게 하는 대상이 있으면 화를 내 폭력을 휘두르고 싶은 욕구가 생기기에 십상이고 어두운 골목길에서 섹시한 옷을 입은 여자가 술에 취해 비틀거리고 있으면 강간하고 싶은 욕구가 생기기에 십상이다.

신이 인간을 그렇게 만들었다. 인간은 오직 사회나 타인의 시선 안에 갇힌 상태와 이성적인 판단을 할 수 있게 하는 교육을 통해서만 선한 행동을 할 수 있다. 선하다고 하는 성질은 곧 그러한 외부적인 것들에 의해 형성된다. 범죄가 낮보다 밤에 더 많이 활개치는 이유는 어둠 속에선 외부적인 시선이 덜 느껴지기 때문이다. 태양이 신의 눈이라고 한다면 우리는 신의 감시에서 벗어날 때 잠재되어 있던 자유로운 본성이 조금씩 드러나기 시작한다. 그 자유로움은 온갖 방탕함이며 절제되지 않은 성질들을 지니고 있어서 그 행동들은 죄가 되기에 십상이고 어른이나 부모들은 어려서부터 이성적인 교육을 주입 시켜 이러한 성질들을 잠재우려 하고 있다.

돌이킬 수 없는 범죄는 곧 법의 심판에 의해 자신의 삶은 돌이킬 수 없게 만들고 범죄자들이 존재함으로써 아무 능력 없이도 전과가 없다는 이유만으로 일반 사람들의 가치를 드높여준다. 무의미하다고 느껴지는 삶의 무료한 시간 속에서 뉴스를 통해 온갖 범죄자들을 접하게 될 때 우리는 사회에 피해를 끼치지 않고 이렇게라도 사는 게 어디냐 하며 위안을 삼게 된다.

우리는 사람들과 함께 어울리며 부대끼는 사회 속에서 살아가기에 사회에 피해를 주지 않음은 의무와도 같은 것이다. 완전하다고 할 수는 없지만 법의 형태가 갖춰진 지금과 같은 환경 속에서 범죄적 본성은 힘을 잃어가고 그래도 지워지지 않고 생겨나는 범죄 행위들은 강력한 처벌을 통해서 그 자취를 더 감추게 된다. 사건은 언제나 사건의 희생자를 낳기 마련이고 시대는 언제나 시대의 희생자를 낳기 마련이다.

누군가 본성을 억누르지 못하고 저지른 죄에 대하여 그의 평소 행실들을 고려하거나 연민 등의 감정으로 적절한 형벌을 내리지 못하게 됐을 때 사람들은 죄를 가볍게 여기게 되고, 죄에 따른 형벌에 대한 공포를 인지하지 못하게 된다. 범죄에 대한 처벌은 강화됨으로써 인간의 본성에 겁을 심어 주어야 한다. 오랜 시간을 두고 봤을 때 더 많은 희생자를 낳지 않기 위해선 비교적 작은 희생은 받아들여야 한다. 우리는 누구나 범죄적인 성질들을 자신 안에 지니고 있는데 이러한 성질이 드러나지 않게 좋은 사람들과 좋은 환경 속에서 순탄하게 살아감은 참으로 감사한 일이다.

법에 대하여

나는 범죄보다도 범죄적인 판결을 얼마나 더 많이 보아 온 것인가.

끊임없이 변하는 우리의 행동은 고정된 법률과는 거의 관계가 없는 것이다.

법률은 정당하기 때문이 아니라, 그것이 법률이기 때문에 신용을 유지한다. 이것은 법률의 권위가 가지는 신비적인 기만이다.

– 몽테뉴

국가는 법을 만들고 그 법률을 기반으로 나라를 다스린다. 법은 세상의 질서를 바로잡는 데 큰 기여를 한다. 법이 있어도 법을 어기는데 법이 없다면 세상이 어질러지는 것은 말할 것도 없다. 법은 인간이 상식적으로 행하지 말아야 하는 행동들에 대하여 규율을 정하고 그것을 어길 시에 그 정도에 따른 형평성 있는 형벌을 처한다. 방종하길 바라는 모든 인간은 법에 의하여 본성을 절제하고 정해진 법률 내에서 자유를 찾게 된다. 법도 마찬가지로 수학이나 과학처럼 명백한 공식이나 근거와 사실이 없기에 정답이라고 할 수 있는 것은 아무것도 없다.

법을 만드는 사람들은 과거 왕이나 그 주변의 관료들, 지금은 대통령과 그 주변의 국회의원들인데 법을 만드는 사람들은 법을 만드는 과정에서 주관적인 개념이 아닌 객관적인 개념을 통해 많은 사람에게 보편적으로 통하는 법을 만들어야 한다. 판사는 다른 사람들보다 현명함은 기본이고 그 상황에 대해서 가장 올바르다고 할 수 있는 판단을 할 수 있는 사람이어야 한다. 법은 많은 사람을 만족하게 하되 모든 사람을 만족하게 할 수는 없다. 사람이 생각하는 관념은 모두가 비슷하면서도 제각각이기에 모든 이가 인정할 수 있는 법과 형벌을 만들기란 불가능하다.

세상의 질서를 바로잡기 위해 국가는 법을 만들어야 하고 우리는 그 법을 믿고 따르되 형평성에 어긋난다고 생각되는 부분이 있다면 그 법에 맞서 싸워야 할 필요도 있다. 법이란 한 번 정해졌다고 해서 영원히 지속되는 것도 아니며 그것은 인간처럼 불완전한 것이기에 만들어지기도 하고 사라지기도 하며 번복될 수도 있다. 우리가 법에 간섭받지 않고 살기 위해선 착한 마음을 가지고 올바른 진리만을 추구하며 스스로를 지켜야 한다. 세상엔 수많은 법이 존재하지만 참된 사람에게는 법이 근처에도 오지 않는다.

국가에 대하여

우리가 처음에 부모의 보호 아래서 살아간 것처럼 많은 사람은 국가의 보호 아래서 살아간다. 부모가 아이를 보호할 힘이 있어야 하는 것처럼 국가는 국민을 보호할 힘이 있어야 한다. 국가를 다스리는 데 기여하는 사람들은 국민의 아버지이자 어머니이다. 그런 면에서 대통령이나 국회의원이 가지는 책임은 보통 막중한 것이 아니다. 그들은 단지 권위적인 직업 자체를 떠나서 그만한 책임을 질 수 있는 참된 사람이어야 한다. 국가를 다스린다는 것은 확실히 보통 일이 아니다. 그만한 책임에 있으면 자신을 그만큼 희생할 줄도 알아야 한다.

국가는 저마다의 법이 있고 그것에 따라서 생활하는 환경의 차이는 크고 작은 차이가 있다. 국가는 국민을 감싸 안되 정해진 법률 내에서 자유로워질 수 있는 환경을 제공해야 한다. 정치인들이 개인적 욕심이 강한 사람이면 국민이 힘들어지고 자신의 권위나 자리에 대한 책임을 인지하며 희생할 줄 아는 성품을 지녔다면 국민이 행복할 것이다. 그들은 가장 이타적인 것이 가장 이기적이라는 스티브 김의 말을 인생의 모토로 삼아야 한다.

또 국민은 무조건 국가에만 떠맡기고 의지해서는 안 되며 국민의 한 사람으로서 국가에 작은 보탬이라도 될 수 있다는 비교적 작은 책임감을 지녀야 한다. 자식이 정도 이상으로 속을 썩이면 아무리 부모라도 자식에 대한 애정이 식을 수 있는 것처럼 국민이 제멋대로이면 국가도 국민을 외면할 수가 있다.

서로가 서로에게 도움이 되는 존재여야 하며 서로가 서로를 믿고 의지할 수 있는 상태인 것이 아름다운 국가의 모습이다. 국가는 국가 유지와 인구 감소라는 부정적인 측면의 이미지를 벗어나기 위해 갖가지 복지를 제공하며 출산을 부추기지만 그렇게 사회 복지에 의존하는 가정에서 태어난 아이는 경제난에 시달리며 그중 몇몇 아이들은 나쁜 길로 접어들어 사회의 악을 끊이지 않게 한다.

국가는 지나온 역사만큼이나 거대한 형체를 지녔다. 저마다의 크고 작은 땅들, 많고 작은 사람들이 살아가지만, 국가는 그 존재 자체로 너무도 큰 의미다.

한 남녀의 성관계를 통해 한 아이가 산모의 뱃속에서 나오는 순간 그 아이에게 유전자를 제공하고 세상에 없던 하나의 생명을 탄생시킨 두 남녀는 부모라는 책임을 지게 된다. 부모는 자신이 세상에 탄생시킨 아이를 책임지고 키워야 할 의무가 있으며 단순히 아이를 먹이고 재우며 신체성장만 자라게 할 뿐이 아닌 자신이 먼저 세상에 나와 경험해 본 것을 토대로 옳은 것과 그른 것을 분간해주며, 아이의 정신적 성장과 인식의 한계 또한 넓혀주고 교육을 통해 아이가 사회생활을 하는 동안 어려움 없이 최대한으로 순탄한 삶을 영위해 나갈 수 있도록 가르칠 의무를 지닌다.

역시나 세상엔 다양한 사람들만큼이나 다양한 부모가 있고 아이가 자라는 데 필요한 다양한 가르침들이 있다. 부모가 자식을 가르칠 때 그 부모도 결국은 자신이 알고 있는 것밖에는 가르치지 못하기에 부모의 정도에 따라서 아이들이 받아들이는 가정교육의 영향은 천차만별로 나뉜다. 유전은 아이에게 참으로 막대한 영향을 미치는 것이기에 우리는 앞으로 나올 자식을 위해 좋은 유전자를 제공해 줄 수 있도록 부단히 노력하여 좋은 씨를 뿌려야 한다.

아이가 세상에 나와 성장하면서 외부적인 환경과 그 시대를 비롯한 여러 영향으로 인해 유전적인 요소나 가정교육을 하나둘씩 뿌리치고 그 주변 환경을 받아들이는 경우 또한 다반사지만 어릴 때부터 주입된 가정교육의 틀을 완전히 벗어나지는 못할 것이니 부모는 아이가 방황하게 내버려 두지 말고 시간을 투자하여 좋은 교육을 할 필요가 있다.

어떤 부모는 아이를 가지기 전부터 아이를 어떤 사람으로 키워야겠다는 계획을 세우는 부모가 있는 반면에 아이가 탄생했음에도 아이를 어떻게 키워야겠다는 계획 없이 그저 잘 자라주기만을 바라는 부모도 있다. 어떤 부모는 서로가 사랑하여 그 사랑하는 마음으로 아이를 낳는 경우가 있는 반면에 어떤 부모는 사회적 시선의 기준으로 주변의 따가운 시선을 견디지 못해 하는 수 없이 아이를 낳게 되는 경우도 있다. 그보다 더 안 좋은 경우로는 전혀 준비되지 않은 상태에서 의도치 않게 속도위반을 한다든지 젊은 나이에 가벼운 만남으로 아이를 갖게 되거나 하룻밤 스치는 인연으로 아이를 갖게 되는 등의 여러 가지 경우가 있는데 오직 서로가 사랑하는 마음으로 아이를 낳는 경우가 아니라면 그 외의 경우엔 아이를 낳아서는 안 된다고 생각한다. 왜냐면 그 외의 경우들은 아이가 태어나기도 전부터 그 아이가 세상에 나왔을 때 그 앞에 펼쳐질 생애가 여간 고통스러울 것이 머릿속에 아련히 그려지기 때문이다.

한데 안타까운 것은 주변에 부모가 되는 사람 중에서 본인이 원하여 아이를 낳는 경우가 가장 적게 보였다. 내가 아는 대부분 아이를 가진 부모들은 서로의 마음보다는 주변의 사회적인 모습이나 타인의 시선에 의해서 아이를 낳는 경우가 많았고 나도 그렇게 태어난 아이라는 것을 느끼게 되었다.

사람은 일정한 나이가 되면 남은 생을 함께 할 짝을 찾기 위해 발악하는 때가 오게 된다. 그리고 그 사람이 원래 자신이 바라던 이상적인 이성이 아님에도 불구하고 그 사람을 사랑하기 위해 노력하거나 사랑하는 척하며 만남을 지속해간다. 그러다 주위 시선으로 인해 결혼을 하고 아이를 낳게 되고 살아가다 훗날 자신의 삶이 거짓된 삶이라는 것을 알게 될 때가 온다. 자신의 직업도 자신의 배우자도 자신의 자식도 자신의 인생이 모두 자신이 원하던 것이 아니었던 것임을 알게 된다. 하지만 별수 없이 자신의 운명을 탓할 뿐 그렇게 꿋꿋이 남은 인생을 살아간다. 적당한 모양새를 꾸며내기 위해 만들어진 다문화 가정은 그렇게나 늙어서 혼자임이 두려웠던 것인지 남들처럼 그럴싸한 가정의 모습을 꾸리고 나면 그나마 마음에 안정이 찾아오는지 그런 가정에서 태어난 아이는 자라면서 얼마나 비교되고 무시 받게 되는지 그 가정에, 그 아이에게 이 세상은 얼마나 비극인지.

내가 누군가를 가르치게 됐을 때 오직 사랑하는 마음이 아니라면 옆에 배우자를 두지도 아이를 낳지도 말라고 가르치고 싶다. 한 가정과 한 가족은 사랑으로 이루어져야 한다. 부모는 아이를 사랑해야 한다. 아이는 부모의 사랑 속에서 자라야 한다. 자신의 탄생이나 삶이 잘못됐음을 알고 비극인 줄 알면 그 비극을 거기서 끊을 줄도 알아야 한다. 그 비극을 자신의 아이에게까지 물려줄 필요는 없는 것이 아니겠는가.

세상엔 정말이나 여러 가지 경우들이 있는데 부모가 아이를 지극히 아끼고 사랑으로 키움에도 불구하고 그 아이가 자라 부모를 싫어하게 되는 경우가 있는 반면에 아이에게 별다른 애정을 쏟지 않음에도 불구하고 아이가 자라 부모를 사랑하게 되는 경우도 있다. 어떤 부모는 자신이 아이를 낳았다는 이유만으로 그 아이 삶의 일부분은 자신에게 권한이 있는 양 그 삶을 침해하려 하는데 참된 부모라면 자식에게 무엇보다도 자유를 선물해야 하지 않겠는가. 당연히 고삐 풀린 망아지처럼 방치하라는 소리가 아니라 교육할 것은 교육하되 자신의 삶은 자신이 원하는 대로 살아가도록 이런저런 간섭을 하지 말아야 한다는 소리다.

또한, 부모는 노후에 자식에게서 무언가를 조금도 바라서는 안 된다. 자신이 그동안 아이를 낳고 길러주었으니 이제는 자식들이 자신을 보살펴주어야 한다는 마음가짐은 진작에 접어 두어야 한다. 자신이 자식을 세상에 탄생시킨 것이니 자신이 자식을 키우고 길러주는 것은 당연한 의무지만 자식이 부모의 생계까지 책임지는 것은 당연한 일이 아니다. 자식에게서 아무것도 바라지 않아야 한다. 본인 스스로가 정말 자식에게 한 점 부끄럼이 없는 부모였다면 자식이 알아서 효도할 것이다. 뭐든 적당한 것이 가장 좋다고 좋은 부모가 되기 위해선 아이를 너무 놔서도 잡아서도 안 된다. 너무 놔버리면 아이는 잘못된 길로 빠지기 쉬우며 너무 잡아버리면 독립심이 죽어 나이가 들어서도 부모에게 의지하는 현상이 일어날 수 있다.

교육에 대하여

어렸을 때 동화 『탈무드』에서 물고기를 잡아주는 아빠와 물고기 잡는 방법을 알려주는 아빠를 비교하며 이야기하던 글을 읽었던 기억이 난다. 결론은 예상하겠지만, 물고기 잡아주는 아빠가 돌아가셨을 때 그 아이는 아무것도 할 수 없어 종일 굶어야 했고 잡는 방법을 알려주는 아빠가 돌아가셨을 때 그 아이는 스스로 물고기를 낚시해 먹었다. 너무 단순하지만, 교육에 대한 가장 명쾌한 설명 중 하나가 아닐까 싶다. 아이들에겐 자극적으로 들릴 수 있으니 이런 말이 나오진 않았지만 배우지 못하면 결국 굶어 죽는단 소리다. 어디 사람이 쉽게 죽겠느냐만.

교육이 없이는 미래가 없다. 선조들이 후세에 아무런 정보도 기록도 남기지 않고 아이를 교육하려 하지 않았다면 지금의 인류는 존재하지 않았을 것이다. 교육은 하는 사람의 입장에서도 받는 사람의 입장에서도 결코 쉬운 일은 아니다. 하지만 가르치는 것과 배우는 것에 힘씀은 인류의 사명과도 같다.

갑자기 눈이 떠진 아이에게 세상은 신기하기 그지없다. 호기심이 많은 어린아이들은 이것이고 저것이고 자신이 모르는 것에 대하여 궁금증을 품으며 어른에게 질문을 내던진다. 이럴 때 몇몇 어른들은 아이를 교육하는 데 관심이 없거나 귀찮아하거나 자신이 무지해서 아이의 호기심을 충족시켜주지 못하고 "그런 건 몰라도 돼"라고 하며 아이의 지적성장을 방해한다.

어른은 아이의 질문에 언제든지 대답해 줄 수 있어야 하며 혹여 그게 자신이 모르는 것이라면 창피하게 여기지 말고 아이와 함께 알아보면 된다. 또 몇몇 어른은 확실치 않거나 틀린 정보나 장난으로 거짓을 얘기함으로써 훗날 아이들의 인식에 혼란을 키운다. 아이들에게 장난으로 가르칠 때는 그 아이가 장난을 받아들일 수 있는 인식이 있을 때여야지 그렇지 않으면 아이는 그것을 곧이곧대로 믿게 된다.

과거 살아가는 과정에서 많고 많은 시행착오와 희생으로 인한 죽음들이 있었다. 우리는 교육을 통해 그런 사례들을 점차 줄여가고 있고 앞으로도 그래야 한다. 인간이라 부르는 것과 사람이라고 부르는 것에 차이가 있다면 인간은 그저 외적으로 비슷한 형태를 보이면 모두 같은 인간이라 하지만 사람은 지식이며 도덕이며 교육을 통해 보다 아름다운 모습을 형성해 갈 때 사람이라 한다.

공부에 대하여

자고로 알아야 사는 세상이다. 배우지 못한 사람에게 돌아오는 건 남들의 무시와 막막한 현실뿐이다. 학문에 힘쓰든 기술에 힘쓰든 어떤 다른 분야에 힘을 쓰든 우리는 공부에 힘써야 한다. 평생을 놀고먹을 돈이 있는 사람은 굳이 공부하지 않아도 된다. 우리가 공부하려는 이유 대부분은 먹고살기 위한 것이니까. 그런 사람은 공부하지 않아도 자신의 자존감만 떨어질 뿐 즐기며 먹고 사는 데는 아무런 지장이 없다. 한데 세상에 그런 사람은 거의 없다.

우리에게 배움은 삶과 생존에 직접적인 영향을 미친다. 아는 것이 힘이라는 말은 명백한 진리다. 알지 못하는 사람이 아는 사람 밑에서 일하는 건 너무나 자연적인 현상이라 뭐라 더 설명할 말이 없다. 무지한 제국은 몇 세기가 지나도록 머무른다. 하나라도 더 알려고 함은 그만큼 더 성장한다. 공부를 포기하는 자는 자신의 미래를 포기하는 자다. 그것이 학교에서의 배움만을 얘기하는 것은 아니다. 우리는 학교에서 배우지 못했더라도 사회에 나와서 돈 버는 방법을 배울 수 있고 세상의 흐름을 배울 수 있다. 그동안의 배움이 부족하다고 해서 앞으로의 배움마저 포기하려는 것은 어리석다. 언제나 현재의 시점에서 새로 시작할 수 있다. 죽지 않는 한 생각은 살아 움직이고 뭐라도 하며 부딪혀 볼 수 있다. 죽지 못해 살 바에야 죽음을 각오하고 사는 것을 선택함은 언제나 옳다.

공부라고 해서 무조건 자신에게 도움이 되는 것은 아니다. 자신이 관심을 가지는 것을 배울 때야 비로소 그 배움은 빛을 발한다. 관심도 없고 하기 싫은 공부 해봐야 정신건강에만 해로울 뿐이며 쓸데도 없고 쉽게 잊어버리기에 십상이다.

배우고자 하는 것은 강요가 아닌 관심에서부터 시작돼야 한다. 아이들에게 공부를 시키기 위해선 공부에 대한 관심을 먼저 끌어내야 한다. 좁은 문으로 여러 사람이 한 번에 들어갈 수는 없다. 웬만한 아이들이 수용할 수 있는 지식의 문은 좁다. 거기에 아무리 이런저런 지식을 쑤셔 넣으려 해봐야 잘 들어가지 않는다. 아이들에게 많은 가르침을 주고 싶다면 먼저 공부하고 싶게 만드는 환경을 조성하고 자극을 이끌어 냄으로써 문을 넓히는 게 먼저다.

사회는 밝은 미래를 위하여 아이들을 가르칠 목적으로 학교를 설립하였다. 아이들도 저마다 다른 유전자를 받고 다른 가정환경 속에서 자라나기 때문에 어른들 못지않게 다른 성질들을 지닌다. 어려서부터 배움에 흥미를 느끼거나 지식을 수용할 수 있는 공간이 넓은 아이가 있는 반면에 그렇지 않아 백 번을 알려줘도 이해하지 못하는 아이도 있다.

사람은 어려서부터 저마다 인식의 차이가 있고 배울 수 있는 능력도 다르며 관심도 저마다 다르지만, 사회는 아이들을 하나의 집단으로 묶음으로써 그들에게 같은 수준의 공통된 교육을 실시한다. 이러한 교육방침은 가장 보편적인 현황이지만 이 시스템 자체에서 이미 몇몇은 낙오자가 돼 버린다.

조금 더 시간이 흐른 뒤에야 배움의 길이 트이는 사람이 있는데 안타깝게도 사회 구조는 그들의 때를 기다려주지 않는다. 사회 속에는 여러 편견과 보이지 않는 구조들이 형성되어 있다. 이를테면 스물 중반의 나이에 선생님의 꿈을 가지는 사람도 있는데 사회적 편견과 구조적인 것들은 일찍이 그가 꿈도 꿀 수 없게 희망을 짓눌러 버린다.

우리의 지식수준은 학교 내에서 만들어지는 것이 아닌데 사회는 그렇게 평가한다. 그래서 대개 학교 다닐 때 공부 못하던 친구는 성인이 돼서도 자신이 부족한 사람인 줄 알고 배움의 끊을 완전히 놓아버리는 경우가 많으며 공부를 잘했던 친구들은 사회에 나와서도 자신이 다른 친구보다 우월하다는 착각에 빠지게 된다.

한 사람이 달릴 수 있는 데는 한계가 있다. 누군가 죽어라 열심히 공부하고 달렸다면 언젠가는 쉬어갈 때가 있을 것이다. 공자 같은 위인이 아닌 이상 자신의 자유나 여가 생활을 희생하면서까지 학문이나 일에 매진하는 사람은 극히 드물다. 달리면 언젠간 쉬기 마련이다. 그래서 늦게 출발하였음에도 앞선 이들을 쫓아갈 수 있는 것인데 편견과 구조는 시도조차 하지 못하게 하나의 망을 쳐버린다.

우리가 학교에서 보내는 시간은 인생의 한 부분을 차지할 뿐이지만 그 기간은 우리가 성장하는 시기이며 배우는 시기이며 앞으로의 남은 미래를 결정지을 시기기에 그 어느 때보다 중요한 시기임은 사실이다. 학창시절도 결국은 한때에 지나지 않지만 거의 모든 사람이나 사회적 시선 자체가 그때를 인생에 가장 중요한 시기 중 하나로 바라본다.

많은 사람은 아직도 뭘 배워야 할지 뭘 해야 할지 모르는 상태로 갈팡질팡하며 살아간다. 신은 우리가 세상에 태어날 때 '너는 이런 사람이 되고 이런 삶을 살라'하고 정해주지 않았다. 만약 부모가 자식의 진로를 미리 결정한다면 그것은 자식의 선택 자유를 빼앗는 것이 되고 자신이 인도한 길로 자식이 빛을 발하지 못할 때 밀려오는 책임감 때문에 많은 부모는 진로 결정을 자식에게 떠맡긴다.

누군가 뚜렷한 목표가 있는 것처럼 어떻게 살아야 할지 모르는 사람도 있는 것이다. 여러 학교가 생겨남으로써 많은 곳에서 자라나는 어린이들이 학생이 되어 학업을 통해 지식을 쌓아간다. 배운 지식을 활용하며 생을 살아가는 과거 학자들의 좋은 뜻이 구현되고 있지만 역시나 아직도 개선되어야 할 부분은 많다.

학교의 본분은 아이들을 교육하는 것이다. 그렇다면 우리는 언제나처럼 무심코 놓쳐버리는, 당연히 알고 있다고 착각하고 있는 것들에 대하여 궁금증을 가지고 질문해볼 필요가 있다. 왜 교육하는가, 무엇을 교육하는가, 교육의 목적은 무엇인가에 대해서 말이다.

한 시대의 사람은 그전 시대의 사람보다 자연적으로 발전된 것들을 보며 무의식적으로 한 단계 더 익히지만 그렇다고 해서 완전히 아는 것은 아니다. 우리는 아직도 고대 위인들의 가르침을 받고 있으며, 자신의 존재는 새롭게 탄생한 것이니 배움도 완전히 익히기 위해선 새롭게 시작해야 하는 것이 맞다. 불멸하는 사람이 있다면 뭐든 한 단계씩 더 쌓아가겠지만, 사람은 죽으니 또 다른 사람이 탄생하면 그는 이미 누군가 배웠던 것을 다시 새로 배워야 하는 반복의 학습이 이어진다.

학교의 설립 목적은 교육이었으나 그 안에선 자연적으로

작은 사회가 구성된다. 새로운 친구들을 만나게 되고 형, 동생이며 선후배 관계가 생기게 된다. 그런 사회적인 구조 내에서 주변 사람들과 단절한 채 공부만 할 수는 없다. 우리는 그 안에서 친구를 사귀게 되면서 선생이 가르치지 않는 사회성을 익혀간다. 우리는 살아가며 이런저런 사람들을 만나게 되지만 돌이켜 보면 학교 다닐 때만큼 편하고 쉽게 많은 친구를 사귈 수 있을 때는 없다. 학교에 적응하지 못하거나 성적에 가망성이 보이지 않는 학생에게는 그들에게 선택권을 줌으로 인해 일찍이 사회로 불러들이는 것 또한 생존력을 기르거나 새로운 꿈을 찾게 하는 하나의 방법이 될 수도 있다. 아무렴 그들이 학교에서 더 시간을 보내봐야 얻어지는 것은 없다.

나는 학생 신분을 유지함으로써 고등학교에 다닌 3년이라는 시간을 아무 배움도 얻지 못한 채 날려 보냈다. 그 시간을 좀 다르게 썼더라면 뭔가 하나라도 더 일찍이 얻을 수 있었을 것이다. 그 당시 배움에 담을 쌓아버린 나에게 학교는 벗어나지 못하는 감옥과도 같았다. 하지만 이 또한 사회적 구조에 막혀버린다. 미성년자가 사회에 나와 할 수 있는 일은 지극히 한정돼 있으며 학교를 중퇴하는 사람을 바라보는 부모나 사회의 시선은 너무나 일방적이다. 미성년자는 당연히 학생이 되어야 하는 구조에 갇혀있으며 학생은 당연히 교과목을 공부해야 하는 구조에 갇혀있다. 그래서 부모의 역할은 아주 중요하다. 부모는 학생이 학교에서 가르치지 않는 다른 것을 가르칠 수 있는 거의 유일한 삶의 스승이니 말이다.

날이 갈수록 세상은 온갖 잡다하고 자극적인 것들이 들끓는데 이를 잡아주는 부모나 선생이 없다면 학생은 당연히 그런 것들에 빠져 자신에게 투자할 시간을 잃어버리기 쉽다. 세상은 정말 많이 복잡하지만, 어찌 됐건 우리는 언제나 가장 단순하고 기본적인 것들을 먼저 생각해야 한다.

가족에 대하여

가족이란 피를 나누었다는 그 자체만으로 세상 누구보다 가장 깊은 관계가 된다. 세상 무엇보다도 슬픈 사실 중 하나는 가족은 선택할 수가 없다는 것이며, 부모와 자식은 서로가 이런 마음을 가지게 해서는 안 된다. 부모와 자식이 하나의 구성원을 이루는 보편적인 가족이 있는 반면에 생활환경에 따라 한부모, 입양, 조손 등 가족의 형태는 다양하고 각 가정의 분위기나 환경은 저마다 다르다. 한 집과 바로 옆집의 거리는 불과 몇 걸음이면 되는 거리지만 그 둘은 완전 다른 세계다.

어떤 것이 행복한 가정이고 불행한 가정이고 이상적인 가정일까에 대해서 생각해 본다면 행복한 가정이 되기 위한 가장 첫 번째 조건은 부부가 서로 사랑하는 마음을 가지고 있어야 한다. 서로 사랑함이 서로의 행복이고 나중에 자식이 그 모습들을 보고 자랐을 때 자신도 부모와 같은 사랑을 하고 가정을 꾸리고 싶어 하는 마음을 갖게 된다. 다음은 부부끼리, 또 부모와 자식끼리 서로를 이해하고 충분한 소통이 이루어질 수 있어야 한다. 자식은 부모를 존경해야 하고 그러기 위해서 부모는 자식이 존경할 수 있을 만한 사람이 돼야 한다. 그 존경은 부나 직업적인 것이 아닌 사람 그 자체여야 한다.

부모는 자식이 말을 안 들었을 때 화가 날 테지만 자신의 어릴 적을 생각해보며 최대한 자식을 이해할 수 있는 노력을 해야 한다. 하지만 백 번의 타이름보다 한 번의 매가 더 효과적일 때가 많기도 하니 부모는 자식이 어렸을 때 적당한 무서움을 심어주는 것이 좋다. 그래야 자식이 컸을 때 방종하는 태도를 어느 정도 잡아 줄 수 있다. 또 서로 간에 관심을 가지되 사생활을 침해하지 않는 범위를 잘 조절해야 한다. 가족은 하나의 구성을 이루지만 결국 삶은 각 개개인의 것이다. 가족이라는 명목하에 타인의 삶을 너무 들여다보려 함은 오히려 자신에게 독이 될 수 있다. 좋거나 싫거나 함께 해야 하는 것이 가족이니 이왕이면 좋은 게 좋다.

보편적인 가정의 형태는 자식이 부모 품을 벗어나 동반자를 만나고 자식을 낳고 그 자식이 또 떠나 결국은 동반자와

둘이 남게 되는 형태다. 자신은 부모 곁을 떠나고 자식은 자신 곁을 떠나니 평생을 함께해야 할 좋은 동반자를 얻는 것만큼의 행운은 없다.

정의(定義)에 대하여

뜻이 한정된 단어와 문장으로 정의를 내리는 것은 우리에게 많은 혼돈을 불러오며 질문을 내던지게 한다. 세상에 자리 잡은 정의들은 자기 주관에 큰 혼란을 불러온다. 사람들은 증명되지 않는 말들을 내뱉고 거기에 불투명한 확신을 덧씌워 하나의 정의를 만들어 버린다. 어떤 정의든 그 기준은 정확하지 않으며 정답이라고 할 수 있는 것 또한 없다.

우리는 살아가면서 이것은 옳다, 옳지 않다, 이러한 행위는 용납된다, 용납되지 않는다 하는 식으로 자신의 견해에 맞춰 정의를 내리게 된다. 정의를 내리지 말아야 하는 이유는 그 어느 것도 정답이라고 말할 수 없기 때문이며 정의를 내려야 하는 이유는 정의를 내리지 않으면 아무것도 할 수 없기 때문이다.

1+1=2는 하나의 정의다. 이것은 증명된 공식이고 하나의

약속이다. 뉴턴의 만유인력의 법칙이나 중력의 법칙 또한 증명된 정의다. 이런 공식들은 변할 수 없다. 이런 것들이 완전한 정의다. 정의는 반드시 증명되어야만 완전하다고 말할 수 있다.

우리는 긴 역사를 거슬러 선조들의 수많았던 정의에 정의를 이어받아 지금과 같은 삶을 살고 있다. 각 나라 안에는 정의로 이루어진 법이 있고 그 법률을 벗어나지 않는 틀 안에 갇혀 삶을 영위해 나간다.

지난날의 악덕은 오늘날에는 풍습이 되었다.

– 세네카

우리는 결국 이것 아니면 저것이라고 정의해야 한다. 중립에 입장에 서버리면 아무 말도, 아무것도 할 수 없게 된다. 내가 이 안에 적어내는 모든 글도 순간 정의를 내린 것일 뿐 불변하는 것이 아니다.

명사에 대하여

초판 1쇄 2016년 01월 22일

지은이 조승환
발행인 김재홍
디자인 박상아, 이슬기
교정 · 교열 김현경
마케팅 이연실

발행처 도서출판 지식공감
등록번호 제396-2012-000018호
주소 경기도 고양시 일산동구 견달산로225번길 112
전화 02-3141-2700
팩스 02-322-3089
홈페이지 www.bookdaum.com

가격 12,000원
ISBN 979-11-5622-142-5 03810

CIP제어번호 CIP2016000341
이 도서의 국립중앙도서관 출판도서목록(CIP)은 서지정보유통지원시스템 홈페이지(http://seoji.nl.go.kr)와 국가자료공동목록시스템(http://www.nl.go.kr/kolisnet)에서 이용하실 수 있습니다.